화해의 몸짓

장성욱 소설집

장 성 욱 소 설 집

화해의 몸짓

아시아

차례

수족관

산 아래 마련된 주차장에는 차가 몇 대 보이지 않았다. 침착해. 운전대를 잡고 있던 새우가 속으로 자신에게 되뇌었다. 일이 벌어졌을 때부터 다른 두 사람에게 계속해서 해온 말이었다.

"한 바퀴 둘러보자."

조수석에 타고 있던 넙치가 말했다. 일단 사람은 없어 보였다. 운전대를 잡은 새우는 느린 속도로 주차장을 한 바퀴 돌았다. 주차장 구석에 감시카메라 한 대가 설치되어 있었다. 새우는 차를 카메라 아래쪽 공간에 후면 주차했다. 어떤 경우라도 등잔 밑은 어두운 법이다.

"너 확실히 지웠지?"

뒷자리에 타고 있던 개불이 고개를 끄덕였다. 건물 주차장의 카메라는 관리사무소에서 관리했지만 가게 입구와 내부는 카운터의 컴퓨터에 저장되었다. 카운터는 개불의 담당이었다. 경황이 없는 와중에서도 새우는 개불을 시켜 영상을 지우도록 했다. 확실한 공범이 아니면 필요가 없었다. 개불이 불안한 듯 자꾸 주변을 둘러보았다.

"근데 이상하지 않아요?"

"또 뭐가."

조수석에서부터 돌아온 신경질적인 반응에 개불은 눈을 깜빡였다.

"지금 새벽 두 신데. 누가 일도 없이 여기 차를 세워두겠어요."

넘치는 주차된 차들을 향해 시선을 던졌다. 일리가 아주 없지는 않은 말이었지만, 이런저런 생각을 하기가 귀찮았다. 차의 시동이 꺼졌다.

"진짜 할 거예요?"

"그럼 가짜로 하냐? 이 새끼는 아까부터."

"아뇨. 저는 그냥."

내내 잠자코 있던 새우가 운전석의 문을 열었다. 차 안을 메우고 있던 히터의 열기가 빠져나가며 찬 공기가 몰려왔다. 그는 운전석의 문을 열어둔 채 주머니에서 휴대폰을 꺼냈다.

"여보세요."

조수석에 앉은 넙치가 차에서부터 멀어지는 새우의 등을 불만스러운 눈으로 바라보았다.

"야."

"네?"

개불이 앞좌석 쪽으로 고개를 내밀었다.

"내가 아까 폰 꺼두라고 하지 않았냐?"

"그랬어요? 전 모르겠는데."

"말을 말자."

"네."

다시 뒷좌석에 몸을 기댔다.

"야."

"부르셨어요?"

자꾸만 부르는 게 귀찮았지만 개불은 순순히 대답했다. 이번에는 넙치가 뒷좌석으로 고개를 돌렸다. 별명처럼 넙데데한 그의 얼굴에 붙은 짙은 눈썹이 꿈틀거렸다.

"왜요?"

"너 나랑 약속 하나만 하자."

"약속이요?"

눈썹 아래의 눈이 골똘해지고 있었다. 지난 몇 개월 동안 넙치가 그렇게 진지한 모습을 보인 건 처음이었다. 개불은 침을 삼켰다.

"나중에 문제 생기면 무조건 쟤한테 뒤집어씌워."

"새우형한테요?"

"너랑 나만 입 맞추면 돼. 무조건 저 새끼가 시켜서 그랬다고 해. 알았지?"

차 안에 정적이 흘렀다. 틀린 말도 아니었다. 아무 일도 하지 않은 개불을 시켜 영상을 지우도록 한 사람도 새우였다. 진실이란 것들은 대부분 그런 식으로 만들어졌다.

"형들 친구라고 하지 않았어요?"

"친구는 씨발. 쪽팔리게. 저 새끼 중딩 때 나한테 좆나 처맞고 다녔어."

"에이."

"야, 내가 인문계로 갔으면 저 새끼 아직도 내 눈도 못 쳐다봐."

넙치가 후회하는 일 중에 하나였다.

"그렇구나."

그때 통화를 마친 새우가 차 안으로 고개를 들이밀었다.

"전화하면서 대충 둘러봤는데 사람은 안 보이네. 가자."

새우가 운전석 문에 붙은 트렁크 레버를 당겼다. 조수석의 문이 열렸다. 넙치가 차에서 내리며 가벼운 탄성과 함께 기지 개를 켰다. 마치 여행을 하느라 차 안에 오래 앉아 있던 사람 처럼 보였다. 그런 행동이 애써 여유 있는 척을 하는 것처럼 보였기에 새우는 슬쩍 코웃음을 쳤다. 개불은 쭈그려 앉아 구 겨 신었던 운동화 뒤축을 당기며 어리둥절해했다. 어쩌다 여 기까지 왔을까?

담배를 피우며 딴청을 부리는 넙치를 뒤로하고 새우가 트 렁크를 열었다. 침침한 어둠 속에서 피비린내가 훅하고 올라 왔다. 시간이 얼마 없었다.

"불 켜봐."

"네."

휴대폰 플래시 불빛에 트렁크 내부에 들어 있던 매니저의 모습이 드러났다. 바로 두 시간 전까지 함께 술을 마셨던 그 의 옷에는 피가 잔뜩 묻어있었다. 개불은 차로부터 한 발짝 멀어졌다.

"아 씨발."

트렁크 쪽으로 다가오던 넙치가 그제야 그 광경을 보고 욕 지거리를 뱉어내며 고개를 돌려버렸다. 올라가는 길에 누구라도 마주칠 것을 대비해 옷을 갈아입히는 편이 나아 보였다. 새우는 시체 앞에서도 이상하리만치 침착한 자신이 낯설었다. 술을 마셔서 그런 모양이었다. 시체의 양 겨드랑이 사이에 팔을 넣었다. 넙치와 개불은 뒤쪽에 선 채 서로 눈치를 살폈다. 아무래도 시체에 손을 대는 것이 불경스럽게 느껴졌기 때문이었다. 아까부터 혼자 일하고 있다는 생각에 새우는 짜증이 났다.

"뭐하냐. 같이 좀 들어."

넙치가 개불의 등을 시체 쪽으로 밀쳤다. 덕분에 들고 있던 휴대폰 불빛이 흔들리며 비추고 있던 시체의 얼굴이 마치 웃는 사람처럼 보였다.

"아 하지 마요."

어깨가 저절로 움츠러들었다.

"쫄았냐."

넙치가 킥킥거리며 웃었다. 새우의 입에서 하얀 입김이 뿜어져 나오다 이내 사라졌다. 이런 상황에서도 장난을 치고 있는 두 사람이 한심해 보였다.

"적당히 좀 해."

새우의 볼멘소리에 넙치는 기분이 상했다. 도무지 앞뒤가 꽉 막힌 녀석이라니까. 넙치는 잠자코 시체의 다리를 들었다.

"쬐깐한 게 더럽게 무겁네."

확실히 매니저는 몸집에 비해 무거웠다. 두 사람은 조심스럽게 시체를 바닥에 눕혔다.

"이제 어떻게 해요?"

새우는 대답하지 않고 개불의 손에 들린 휴대폰을 뺏어 시체의 구석구석을 살폈다. 바지는 어두운 색이라 괜찮았지만 윗도리와 뒤통수 부근에 피가 많이 묻어 있었다. 이대로 누군가의 눈에 띄면 입장이 난처해질 수 있었다. 뒤통수에 묻은 피를 보며 넙치는 마른침을 삼켰다. 새우에게 목을 졸리고 있던 매니저의 손이 테이블에 놓여 있던 포크로 향했다. 순간 새우의 등 뒤에서 어쩔 줄 몰라하던 개불과 눈이 마주쳤다. 그리고 자신 역시도 그렇게 겁먹은 모습일 것이라는 데 생각이 미쳤다. 새우에게 지는 기분이었다. 넙치는 넘어져 있던 의자를 들어 매니저의 뒤통수를 가격했다.

"너 가게 유니폼 있지?"

새우가 물었다.

"제 거요?"

깔끔한 성격의 개불은 퇴근할 때 언제나 자신의 유니폼을 챙겼다. 그의 얼굴에 불안한 표정이 스쳤다. 새우는 자신이 쓰고 있던 야구모자를 벗어 매니저의 머리에 씌웠다. 그렇게 하면 개불 역시도 순순히 유니폼을 내놓으리라는 계산에서 나온 행동이었다.

깨끗한 옷으로 갈아입혀 바닥에 앉혔다.

"괜찮겠죠?"

"아마도."

여전히 불길한 생각이 머릿속을 떠나지 않았다. 새우는 자신의 머리칼을 손으로 헝클어뜨렸다. 모자에 눌려 있던 머리카락이 자다 일어난 사람처럼 부스스해졌지만 불길한 생각은 가시지 않았다.

"몇 시야."

넙치가 자신의 시계를 확인했다.

"네 시."

늦가을이라고 해도 앞으로 세 시간 정도 후에는 해가 뜰 것이었다. 과연 할 수 있을까. 의문이 들었지만 다른 방법이 없었다. 새우가 시체로부터 돌아서서 두 사람을 향해 주먹을 내밀었다.

"가위바위보 하자."

"왜요."

"업는 순서 정해야지."

개불은 시체의 모습을 살폈다. 다리를 편 채로 퍼질러 앉아 고개를 푹 숙이고 있는 모습이 단순히 술에 곯아떨어진 모습처럼 보이기도 했다. 아니 그렇게 보인다고 믿어야만 했다.

"가위바위보."

세 사람이 동시에 외쳤다. 첫 번째 주자는 보를 낸 개불이었다.

"형 늦게 낸 거 아녜요?"

"뭐 이 새끼야."

넙치가 눈살을 찌푸렸다.

"지금 늦게 냈잖아요. 가위."

"씨발 사람을 뭐로 보고. 너 씨발 아까부터 아무것도 안 하면서 나중에 발뺌하려는 것 아니야?"

개불은 입을 다물었다. 사실 자신이 한 일이라고는 컴퓨터를 조금 조작한 것밖에 없었다.

"그냥 내가 업을게."

새우가 피곤한 목소리로 말했다. 무엇 하나도 쉽게 넘어가는 법이 없었다. 어쨌든 지금은 개불에게 잘 보일 필요가 있었다. 결정에 불만이 없는 듯 넙치가 고개를 끄덕였다. 개불이 목 언저리를 만지며 한 발짝 물러섰다.

등산로를 따라 오르다 옆길로 들어섰다. 플래시로 비춰야만 겨우 모습을 드러내는 아주 희미한 길이었다. 개불은 시체를 업은 새우가 미끄러지지 않도록 발로 낙엽을 치워가며 걸었다. 땀이 났다.

"여기 맞아요?"

대답은 돌아오지 않았다. 매장을 주장한 사람은 넙치였다. 개불은 그보다는 바다에 던지는 편이 낫지 않겠냐고 말했다. 새우는 고개를 저었다. 바다까지는 적어도 두 시간은 달려야 했다. 차를 집에 돌려놓는 시간을 생각하면 현실성 없는 의견이었다. 매장할 장소는 넙치가 고등학교를 다니던 시절에 백일장을 하러 왔던 산이었다. 넙치의 패거리는 선생님의 눈을 피해 옆길로 새어서는 담배를 피우고 놀았다. 사실은 패거리로부터 멀어지고 싶었지만 왕따를 당할 수도 있다는 데 생각이 미치자 함부로 행동할 수 없었다. 게다가 가끔은 여자애들과 어울리기도 했다. 당시에도 산을 오르며 길을 잘못 들었다는 생각을 했었다. 미래는 불분명했고, 친구들은 가까이 있었다. 어느 쪽을 선택해도 두렵긴 마찬가지였다. 살다 보면 잘못 든 길로 떠밀리는 순간이 오곤 했다. 지금도 마찬가지였다. 그렇다고 씨발 여기서 인생 쫑낼 수는 없잖아. 시체 앞에서 머뭇거리던 두 사람을 향해 넙치가 한 말이었다.

"잠깐 쉬자."

새우가 말했다. 시체를 내려놓고 바닥에 앉는데 다리가 후들거렸다. 보다 효율적인 방법을 찾을 필요가 있었다. 이대로는 시간도 오래 걸리고, 무엇보다도 한 사람이 놀게 되었다. 새우는 멈춰 서서 올라오는 내내 뒤에서 따라오기만 하던 넙치를 바라보았다.

"왜."

"아냐. 몇 시야."

"사십 분 됐어요."

"둘이 팔 하나씩 어깨에 걸쳐서 들고 가자. 부축하듯이. 남은 한 명은 앞에서 길 비추고."

넙치는 바닥에 침을 뱉었다. 기분이 더러웠다.

"아 씨발. 좆같네. 아까부터 씨발 네가 뭔데 이래라저래라야."

"형들 왜 그래요."

"너 혼자 편하게 올라왔잖아. 나는 그냥 민주적으로 하자는 거지."

"이 지랄을 해놓고 민주는 씨발."

"말 똑바로 해. 네가 머리 때려서 죽은 거잖아."

"씨발. 목 조른 건 너 아냐."

"그땐 분명 살아 있었거든?"

매니저의 몸에서 힘이 빠져나간 후에도 한동안 목을 조르고 있었기에 확신은 들지 않았다.

"형들 하지 마요."

실제 살인 과정에서 아무 일도 하지 않은 개불은 두 사람 사이를 막아섰다. 잘못하다간 자신에게 불똥이 튈까 우려됐다. 흥분해서 씩씩거리는 넙치와는 다르게 새우는 시종일관 얼굴에 별다른 표정이 없었다.

"너는 할 줄 아는 욕이 씨발밖에 없냐."

"씨발. 뭐라고 했냐. 야 비켜봐."

넙치는 막아선 개불을 밀쳐내고 새우의 멱살을 잡았다.

"이제 귀까지 먹었어? 쓰레기 새끼. 허기야 대가리에 뭐라도 들어야 욕도 잘하지."

"그만하세요. 우리끼리 싸우면 어떻게 해요."

두 사람은 서로의 눈을 쏘아보았다. 넙치는 당황했다. 몇 년 전까지만 해도 마주치면 항상 고개부터 숙이던 놈이었다. 저도 모르게 잡고 있던 멱살을 풀었다.

"씨발. 애 앞에서 쪽팔리게."

말은 그렇게 했지만 이상하게 오한이 났다.

"우리 얼른 가요. 네?"

개불이 먼저 나서서 시체의 왼팔을 목에 둘렀다. 오늘 처음으로 보이는 능동적인 모습이었다. 새우는 다른 쪽 팔을 들었다.

"하나, 둘, 셋."

구호와 동시에 두 사람은 몸을 일으켰다. 개불의 다리가 후들거렸다.

"무거워?"

옆에서 함께 시체를 들고 있던 새우가 물었다.

"아뇨. 무서워요."

"무서울 필요 없어. 이미 죽었잖아."

확실히 그랬다. 진짜 무서운 사람은 아무렇지 않게 그런 말을 하는 새우였다. 그는 매니저가 죽고 난 직후에도 침착하게 지시를 내렸다. 지켜야 할 것이 많아서 그런 모양이었다. 이번 일만 끝나면 다시는 연락을 하지 말아야겠다고 생각했다. 그때 벨소리가 울렸다. 이번에도 새우였다.

"잠깐만."

다시 시체를 바닥에 내려두었다. 새우가 휴대폰을 귀에 대고 산 아래쪽으로 내려갔다. 통화내용을 들키고 싶지 않은 모양이었다. 개불은 아예 바닥에 엉덩이를 대고 앉아 담배를 입에 물었다.

"서 있지 말고 앉으세요."

"씨발. 지 목숨 살려준 줄은 모르고. 안 그러냐?"

개불 역시도 매니저의 손이 포크로 향하는 것을 보았다. 매니저가 싫기는 했지만 최대한 상관하고 싶지 않았다. 그때 넙치와 눈이 마주쳤었다. 개불은 재빨리 눈짓으로 포크를 가리켰다. 무슨 일이 터지기 전에 막으라는 뜻이었다.

"글쎄요."

넙치가 욕지거리를 하며 바닥의 흙을 발로 찼다. 여전히 불만이 가득한 표정이었다. 확실히 그는 알고 있는 욕이 하나밖에 없는 모양이었다. 생각보다 착한 사람일지도 몰라. 그런 생각을 하자 마치 다른 사람처럼 보였다.

"형. 아무도 저를 모르는 곳으로 가면 저는 제가 아니어도 될까요?"

질문을 들은 넙치가 영문을 모르겠다는 듯 눈살을 찌푸렸다.

"너 영어 잘하냐?"

"아뇨."

"가서 어쩌려고."

유학원에서는 일 년 정도 어학연수 코스를 밟으면 네이티브 수준의 영어를 구사할 수 있다고 말했다. 물론 거기에는 하기에 따라서라는 전제가 붙었다.

"저 이 년제잖아요. 먹고살려면 여기선 답 없어요. 그래도 거긴 못사는 나라니까 가면 좀 낫대요. 집에서도 보내준다 하고. 뭐 갔다 오면 영어라도 하겠죠."

"요즘엔 영어만 가지곤 안 된다던데."

"뭐 그래도 없는 것보다 낫지 않겠어요?"

넙치는 자기야말로 답이 없는 상태라고 자각했다. 고등학교라도 제대로 졸업했으면 군대에라도 짱박혀보는 건데. 물론 검정고시를 본다면 좋겠지만, 공부를 다시 할 자신이 없었다. 이러니저러니 해도 좋은 대학교를 다니는 새우가 부러웠다. 오한이 난 이유를 알 것도 같았다.

통화를 마친 새우가 다시 돌아왔다.

"은어예요?"

개불이 물었다. 은어라는 별명 역시 매니저가 지어준 별명이었다. 온몸이 은색을 띠는 아주 예쁜 물고기라는 말과 함께였다. 인터넷에서 은어 사진을 찾아본 개불은 그녀의 깨끗한 느낌과 아주 잘 어울리는 별명이라고 생각했다. 그래서 새우와 사귄다는 사실을 알았을 때 조금 질투가 났다.

"이제 일도 안 하는데 무슨 은어야. 현서라고 불러."

새우는 바닥에 누워 있는 시체를 바라보았다. 매니저는 항상 은어를 소재로 농담을 했다. 사귄다는 사실을 알았을 때도 마찬가지였다. 현서가 일을 그만둔 첫 번째 이유였다. 회식이라도 있을 때면 더 심한 말을 지껄여댔다. 새우야, 은어 먹어봤냐? 씹을 때마다 아주 수박향이 나서 한번 맛들이면 다른 건 못 먹어. 하지 말라고 말하면 교묘하게 빠져나갈 것을 알았기에 잠자코 듣고 있었다. 우리가 해산물 뷔페잖냐. 우리 여름 되면 은어 한번 먹으러 갈까? 그때마다 화가 치밀어 올랐다.

"개불아."

그때까지 딴청을 부리던 넙치가 입을 열었다.

"네."

"너 은어 먹어봤냐?"

이참에 확실히 해두는 편이 좋을 성싶었다. 새우는 넙치를 향해 다가가 곧바로 주먹을 뻗었다. 얼굴에 주먹을 맞은 넙치가 비명도 지르지 못하고 코를 감싸 쥔 채 바닥에 쓰러졌다. 지체하지 않고 달려들어 복부를 향해 발을 내질렀다. 앞으로도 다른 방법으로 얼마든지 밟을 수 있겠지만, 그 전에 당했던 것과 꼭 같은 방식으로 조져놓고 싶었다. 지질한 복수 따위가 아니었다. 확실히 기어오르지 못하도록 하는 일종의 예방조치였다.

"그만하세요. 제발."

그러거나 말거나 새우는 계속해서 쓰러진 넙치를 향해 발길질을 해댔다. 결국 개불은 뒤에서 새우의 어깨를 잡으며 말렸다. 참 피곤한 형들이었다. 배를 제대로 맞았는지 넙치는 신음하며 좀처럼 일어나지 못했다. 새우는 척추부터 찌르르한 쾌감이 올라옴을 느꼈다. 매니저와 싸울 때도 그랬지만 생각대로 몸을 움직여서 누군가를 제압하는 일은 상당한 중독성이 있었다. 고등학교 때부터 매일매일 성실하게 운동을 한 결과였다.

"좀 성실하게 살아. 이 한심한 새끼야."

아프기도 했지만 쪽팔려서 일어날 수가 없었다. 성실하게 살라는 충고를 듣는 것도 처음이었다.

"형 괜찮아요? 일어나보세요."

개불이 넙치의 어깨에 손을 얹었다. 목소리가 어딘가 신난 사람처럼 들렸다. 넙치는 신경질적으로 어깨에 얹힌 손을 쳐냈다. 눈가가 뜨거워졌다. 이럴 줄 알았으면 맞고 다녔다니, 그런 말은 안하는 건데. 울면 안 돼, 울면 안 돼. 크리스마스 캐럴의 가사 같은 생각을 하며 두 손으로 얼굴을 가렸다. 개불이 기어코 그의 몸을 일으켜주었다. 옷에 흙먼지가 묻어있었다. 이대로 끝낼 수는 없었다. 넙치는 부적처럼 주머니에 넣고 다니던 조그마한 접이식 칼을 꺼냈다.

"형."

개불은 그의 어깨에서 손을 떼며 뒤로 물러났다. 역시나 이런 일에는 끼고 싶지 않았다.

"씨발."

욕을 하며 꺼내놓은 칼 앞에서도 새우는 침착했다. 기억으로론 넙치가 중학생일 때부터 겁을 주기 위해 사용하던 물건이었다. 무대 위에 총이 나왔다면, 결국 발사되어야만 한다. 교양으로 들었던 '드라마의 이해' 수업에서 배운 내용이었다. 텔레비전 드라마에 대한 수업인 줄 알았는데 연극론 수업이었다. 넙치는 주인공이 아니었고, 이런 이야기는 드라마가 될 수 없었다. 그러므로 그가 칼을 사용하는 일은 없을 것이다. 이런 경우를 설정상의 오류라고 불렀다.

"시체 하나 더 치우려면 고생하겠네."

침착한 새우의 모습에 넙치는 어안이 벙벙해졌다. 칼이 바닥에 떨어졌다. 예전과는 다르게 칼 정도로는 아무도 겁을 먹지 않았다. 넙치는 두 손으로 얼굴을 가렸다. 기어코 울음이 터졌다.

"씨…발……."

다른 욕은 정말 생각나지 않았다. 새우가 규정한 대로 자신이 무식해서 그런 모양이었다. 서러웠다. 무엇에 대해 서러운지 알 수 없었다. 서러움이란 원래 가닿는 지점이 없는 질투라는 사실을 넙치는 아직 몰랐다. 앞으로 평생 그를 지배할 감정이었다.

얼른 일을 처리해야만 했다. 감정에 휩쓸려서 눈앞의 일을 제대로 하지 못하는 인간은 새우가 가장 혐오하는 부류였다.

"이따 울어. 시간 없어."

이제 별로 위로하고 싶은 기분도 들지 않았다. 개불은 무연하게 땅바닥을 발로 차댔다. 그때마다 조그만 돌조각이 튀어 올랐다.

"그런데요."

개불이 재차 발로 땅을 차며 입을 열었다. 새우는 고개를 돌려 개불을 바라보았다.

"어제 비가 와서 그런가. 땅이 얼었네요."

손으로 땅을 파보았다. 손톱 밑으로 흙이 파고들었다. 표면을 덮고 있는 보슬보슬한 토사 아래의 땅은 단단하게 얼어 있었다. 손에서 비릿한 냄새가 났다. 벌써 겨울인가. 울음소리가 잦아들었다. 어쨌거나 그건 다행이었다.

"내려가야겠다."

"네?"

"내가 내려가서 삽 사올게."

개불이 넙치를 바라보았다. 두 사람은 서로의 눈을 보며 고개를 끄덕였다. 머리가 좋은 새우가 삽을 잊었을 리가 없다. 어쩌면 여기까지도 이미 그의 계획에 포함된 일인지도 몰랐다. 넙치는 바닥에 떨어져 있던 칼을 발로 차서 낙엽 밑에 감췄다.

"지금요?"

"요즘 마트 이십사 시간이잖아."

"씨발 널 어떻게 믿어. 너 지금 일부러 그러는 거 아냐."

아직 덜 맞았나. 새우는 고개를 갸웃했다. 전에 사람을 죽여본 적이 있는 것도 아니고, 삽을 챙기지 못한 것은 그냥 실수였다.

"나밖에 운전 못 하잖아. 걸으면 삼십 분은 걸리는데. 내려가는 시간도 있고."

"저도 못 믿어요. 솔직히 돌아온단 보장이 없잖아요."

세 사람은 서로 눈치를 살폈다. 팽팽한 긴장감이 감돌았다.

"그럼 나랑 넙치랑 갔다가 올게. 네가 지키고 있어."

탐탁찮은 제안이었지만, 그게 가장 나아 보였다. 넙치는 고개를 끄덕였다.

"싫어요."

"왜 또."

"시체랑 둘이 있어야 하잖아요."

"죽은 사람이 뭐가 무서워."

무서운 시체와 시체보다 무서운 인간, 어느 쪽도 내키지 않기는 마찬가지였다.

"몰라요. 저는 혼자 남으면 무조건 도망갈 거예요."

"치사한 새끼."

넙치가 말했다. 개불은 도망가면 가장 골치 아픈 사람이었다.

"그럼 넙치가 남아 있던가."

넙치의 머릿속에서 개불과 했던 약속이 부메랑처럼 돌아오고 있었다. 두 사람이 작정하고 자신에게 모든 죄를 뒤집어씌울 수 있었다.

"씨발. 너희를 내가 어떻게 믿어. 난 무조건 혼자는 싫어."

"저도요. 무서워요."

운전을 하는 사람은 새우 혼자였고, 나머지 두 사람은 죽어도 혼자 있기는 싫다고 한다. 선택이라는 것이 의미가 있는 행위이긴 할까. 새우는 의문이 들었다. 시간이 계속해서 흐르고 있었다.

넙치가 앞장섰다. 그는 이제 말수가 줄었고, 의기소침해 있었다. 어딘가 어른처럼 보이는걸. 개불은 생각했다. 새우와 개불은 각각 어깨에 시체의 팔을 하나씩 걸치고 산길을 내려갔다. 새우는 머리가 복잡했다. 선택과 집중 무엇도 할 수 없었다. 상황이 그렇게 만들었다.

"형 괜찮아요?"

숙성한 침묵을 깨고 개불이 말했다. 넙치는 뒤를 돌아보았다. 개불이 재빨리 턱짓으로 앞을 가리켰다. 누군가 올라오고 있었다. 깜짝 놀란 새우가 재빨리 시체의 옷에 묻은 먼지를 털어냈다.

"이 형은 왜 이렇게 술을 마셔가지고."

새우는 일부러 큰 소리로 말했다. 산길을 올라오는 사람은 중년 남자였다. 수염이 덥수룩하고 누더기 같은 옷을 걸친 모양새가 노숙자처럼 보였다. 넙치가 걸음을 늦추며 최대한 자연스럽게 시체를 가렸다. 땅바닥만 바라보며 올라오던 남자가 고개를 들었다. 아직 동이 트기 전이니 괜찮을 것이다. 믿지 않으면 도리가 없었다.

"안녕하세요."

남자가 인사했다. 넙치는 말없이 고개를 꾸벅 숙였다.

"네에. 안녕하세요."

뷔페에서 서빙을 맡은 새우의 눈이 가늘게 휘었다. 반가움을 가장해 화답하는 것은 어려운 일이 아니었다.

"날이 쌀쌀하네."

남자가 혼잣말처럼 읊조리며 세 사람을 지나쳐갔다. 넙치는 걸음을 늦춰 시체의 뒤편에 섰다.

"얼른 내려가서 해장하자."

"그래요."

"형 좀 일어나봐요. 어휴."

새우가 과장된 몸짓으로 시체의 엉덩이에 묻은 흙을 털어냈다. 넙치는 뒤를 돌아보았다. 어둠 속에 묻혀 남자의 모습은 이미 잘 보이지 않았다. 구토가 날 것 같았다.

"갔어?"

"응."

"모르겠죠?"

"글쎄."

확언할 수 있는 것은 없었다. 이제까지와 마찬가지로. 개불은 기도라도 하고 싶은 심정이었다. 오늘 하루에만 십계명 중 몇 개를 어겼을까. 은어는 새우가 처음으로 잔 여자였다. 수박냄새. 처음 그녀의 옷을 벗길 때 새우의 머릿속에는 저도 모르게 그 말이 생각났다. 더러운 농담이었지만, 그 때문에 더 흥분을 했던 것도 같다. 수박냄새 따위는 나지 않았다. 술을 마신 후에 흘리는 땀에서 나는 미약한 지린내와 비릿한 생선육수 같은 냄새가 날 뿐이었다. 은어는 이미 경험이 있는 눈치였다. 입맛이 썼다. 새우는 바닥에 침을 뱉었다.

"너 언제 가냐."

"곧 가죠."

개불의 집은 어느 정도 사는 편이었다. 그는 외국에서 쓸 비자금을 마련해두기 위해 일을 한다고 했다. 그 사실은 중요했다.

"조금만 늦춰라."

"네?"

개불이 고개를 돌려 새우를 바라보았다.

"아니, 무슨 일이 생길 수도 있으니까. 잠잠해질 때까진 있어. 부탁할 것도 있고."

상식적으로 맞는 소리가 아니었다. 무슨 일이 생길 수도 있으니까 얼른 도망가야 했다. 앞서 걷는 넙치의 등을 바라보았다. 내가 저 새끼처럼 바보로 보이나. 개불은 속으로 두 사람을 비웃으며 주머니 속 USB 메모리를 만지작거렸다.

"글쎄요. 그게 제가 마음대로 결정할 일은 아니라서. 일정이란 게 있으니까요."

이윽고 주차장에 도착했다. 처음 출발한 곳이었다.

시체를 다시 트렁크에 넣고 차에 올랐다. 새우는 여전히 운전석에 앉았고, 이번에는 개불이 조수석에 탔다. 시동을 걸고 에어컨을 틀었다. 땀이 나서 더운 탓이었다. 비상등 버튼 위에 달린 시계가 다섯 시 이십삼 분을 가리키고 있었다. 새우는 등받이에 몸을 기댄 채로 잠시 눈을 감았다.

"가요."

차가 출발했다. 큰길로 나오자 듬성듬성 차들이 보였다. 해가 뜰 시간이 가까워지고 있었다. 대형마트 앞 횡단보도에서 신호에 걸렸다. 새우는 브레이크를 밟았다. 평소 같았으면 그냥 달리라고 말했을 넙치는 팔짱을 끼고 창문에 머리를 기댄 채 눈을 감고 있을 뿐이었다. 횡단보도를 건너는 사람은 없었다. 세 사람이 탄 차 오른편에 다른 차가 한 대 섰다. 개불은 힐끗 옆 차를 보았다. 은회색의 아반떼였다. 운전자는 여자였다. 자신의 옆에 시체를 실은 차가 있다는 사실을 알면 여자는 어떤 표정을 지을까? 그때 계기반 앞에 올려두었던 새우의 휴대폰이 진동했다. 전면 액정에 은어의 이름이 적혀 있었다. 오늘만 해도 벌써 몇 번째 오는 전화였다.

"안 받으세요?"

"운전중이잖아."

"제가 받아볼까요."

"아니."

신호가 바뀌었다. 옆에 있던 아반떼가 빠른 속도로 멀어졌다. 새우는 멀어지는 차의 미등을 보며 생각했다. 그래. 혼자 한 것도 아닌데, 내 잘못만은 아니잖아.

"가."

그제까지 조용하던 넙치의 말에 새우는 반사적으로 액셀러레이터를 밟았다. 휴대폰의 진동이 멈췄다. 핸들을 돌려 마트 주차장 안으로 진입했다. 편한 세계였다. 트렁크 속 시체를 묻기 위해 이 층의 생활용품코너에서 삽을 살 것이다. 죽은 태아는 어디에 묻힐까. 그런 의문이 들었다. 정말 편한 세계였다.

"개불아. 나 돈 좀 빌려줘라."

"네?"

"금방 갚을게."

마트의 주차장은 텅텅 비어 있었다. 차가 멈췄다. 세 사람은 밖으로 나왔다. 개불은 이번에는 시체를 꺼내지 않아도 된다는 사실에 안도했다.

자동문이 열리고 안으로 들어서자 밝은 빛이 쏟아졌다. 밝은 곳에서 보니 세 사람의 모습은 엉망이었다. 매장 곳곳에 설치된 스피커에서는 여자 목소리가 흘러나오고 있었다. 오늘도 저희 마트를 이용해주신 고객 여러분께 안내말씀 드리겠습니다. 이 층으로 올라가는 에스컬레이터 앞에서 넙치가 멈

취 섰다. 그의 고개가 향한 방향의 끝에 패스트푸드점 간판이
보였다.

"배 안 고파?"

"우리 뭐 좀 먹어요."

한시가 급한 상황이었지만, 웃기게도 조바심이 나지 않았
다.

"재밌네."

새우가 중얼거렸다.

"오백 원만 더 내시면 사이즈 업그레이드 가능합니다."

점원의 말에 새우는 흔쾌히 고개를 끄덕였다. 세상에서 자
신이 선택할 수 있는 사항이 겨우 그 정도뿐이라는 사실을 어
렴풋이 짐작할 수 있었다. 애를 떼고, 군대에 간다. 반대쪽의
선택지는 뭐가 될 수 있을까. 가늠이 가지 않았다.

세 사람은 각자 시킨 햄버거 세트를 들고 자리에 앉았다.
넙치가 염소처럼 오물거리며 햄버거를 씹었다. 머리에 흙이
묻어 하얗게 센 꼴이 노인 같아 보였다.

"새우버거 맛있네."

넙치가 건너편에 앉은 새우를 바라보며 중얼거렸다. 두 사
람이 킥킥거리며 웃기 시작했다. 개불은 콜라를 마시다 사래
가 들려 기침을 했다. 이상하게 목이 메었다. 새우가 그의 등

을 쓸어주었다.

"괜찮아?"

"저 사실 외국 가기 싫어요."

한참을 켁켁거리던 개불이 말했다.

"나는 현서가 임신했어."

"와 진짜요? 축하드려요."

세 사람은 다시 웃기 시작했다. 숨이 넘어갈 것 같은 웃음
이었다. 새벽부터 쇼핑을 하러 온 쇼핑객들은 이상한 사람도
다 본다는 눈으로 그들을 힐끔거렸다. 넙치가 가장 먼저 트레
이를 들고 자리에서 일어났다.

"씨발 나가서 담배나 피우자."

세 사람은 마트 밖으로 나왔다.

"해다."

누군가 말했다. 해가 떠오르고 있었다. 셋은 멍하니 하늘
을 바라보았다. 어쩐지 평범한 하루의 시작 같았다. 깊은 밤
이라는 말과는 다르게, 깊은 아침이란 말이 없는 이유는 이미
감춰야 할 것들을 모두 감췄기 때문이다. 아마도.

데피니션과 저스티스

질문을 들으며, 요즘의 면접은 소개팅과 다를 바 없다고 동철은 생각했다. 담배를 피우느냐고? 그게 왜 궁금하단 말인가. 사장과의 최종 면접이었다. 어렵게 올라온 자리인 만큼 집중을 해야 했다. 마음을 다잡기 위해 면접실 안을 둘러보았다. 면접기간 동안 임시로 쓰이는 임원회의실 내부는 창문이 없어 답답했다.

피웁니다.

동철은 사실대로 대답했다. 사장의 시선이 오른편에 앉은 다른 면접자들을 향했다. 동철과 함께 최종면접까지 온 72번 남자와 31번 여자였다. 두 사람은 담배를 피우지 않는다고 대답했다. 한 명의 사원을 뽑는 자리였고, 이제 경쟁률은 삼 대 일로 낮아져 있었다. 거짓말을 했어야 하나. 뒤늦은 후회가 들었다.

하루에 한 갑을 피우는 사람이 십 년만 끊어도 외제차 한 대 값이 절약된다고 하잖아요.

31번 여자가 또렷한 음성으로 한마디를 덧붙였다. 사장이 고개를 끄덕였다. 대충 계산을 해봐도 이천만 원이 되지 않는 돈이었다. 그래서 네 그 잘난 외제차는 어디 있냐고 따져 묻고 싶었다.

자동문이 은밀한 소리를 내며 열렸다. 회의실에 어울리지 않는, 드라마 속 수술실에서나 보던, 두꺼운 스테인리스 재질의 문이었다. 동철은 무심코 뒤를 돌아보았다. 검은색 하이웨스트 스커트에 하얀색 블라우스를 입은 여자가 양손에 쟁반을 들고 들어왔다. 누가 봐도 비서라는 것을 한눈에 알 수 있는 복장이었다. 대기실에서와 마찬가지로 동철은 넋을 놓고 그녀를 바라보았다. 사장이 집중하라는 뜻으로 헛기침을 했지만 들리지 않았다. 그만큼 예뻤다. 비서는 먼저 맞은편에 앉은 사장의 앞에 찻잔을 놓은 후에 오른쪽에 앉은 31번 여자의 앞에서부터 차례대로 찻잔을 놓아주었다. 앞선 1, 2차 면접에서는 없던 일이었다. 냄새를 맡아보니 대추차였다.

박동철씨?

그제야 동철은 정신을 차렸다.

네. 죄송합니다. 다시 한번 질문해주시겠습니까.

박동철씨가 생각하는 기업의 정의에 대해서 물었네.

너무 포괄적인 질문이었다. 면접자로서 좋은 태도는 아니었지만, 동철은 시간을 끌 요량으로 사장의 질문을 물고 늘어졌다.

데피니션을 말하는 건지, 저스티스를 말하는 건지 질문의 요지를 잘 파악하지 못하겠습니다.

31번이 풉, 하고 웃음을 터뜨렸다. 사사건건 마음에 안 드는 여자였다. 사장의 눈빛이 변했다. 동철은 고개를 숙였다. 회의실 안에 침묵이 번졌다.

사장님, 더 필요하신 것 없으십니까.

그제까지 방 한쪽에 서 있던 비서가 물었다. 그녀는 목소리마저 예뻤다. 동철은 고개를 돌렸다. 물론 고개를 돌린다고 목소리가 보일 리는 만무했지만 중력처럼 어쩔 수 없는 일이었다. 사장의 얼굴이 일그러졌다.

됐으니까 방해하지 말고 나가.

네. 죄송합니다.

딱히 잘못한 일도 없어 보이는데 비서가 고개를 숙여 사과했다. 저런 예쁜 여자한테 명령을 할 수 있다니. 권력의 실체를 본 듯한 기분이 들었다. 부러웠다.

그래서 뭐라고 했지.

정의의 의미를 모르겠습니다. 그러니까 데피니션과 저스티스를 정확하게.

동철은 자신이 했던 말을 되새겼다.

어머.

다시 비서의 놀란 목소리가 들려왔다.

또 뭐야!

사장의 고함소리에 비서가 손에 들고 있던 쟁반을 떨어뜨렸다. 플라스틱 쟁반이 바닥에 떨어지며 요란한 소리를 냈다. 면접자들은 동시에 뒤를 돌아보았다. 비서의 눈망울에 눈물이 그렁그렁 맺혀 있었다. 그 애처로운 눈을 보고 있으니, 살인을 했어도 용서해줘야 하는 게 아닌가 싶었다. 놀란 눈으로 좌중을 바라보던 그녀가 두 손으로 얼굴을 가리고 훌쩍훌쩍 울기 시작했다.

그렇다고 왜 소리를 질러……세요……. 부끄럽게.

울먹이는 목소리가 튀어나왔다. 반말도, 존댓말도 아닌 이상한 말이었다. 사장이 이마에 손을 짚었다.

아니, 김비서 진정하고. 그래, 무슨 일인데. 무슨 일이야.

사장이 한껏 누그러진 목소리로 말했다. 어째서 남자들은 눈앞에서 여자가 울면 죄를 지은 기분이 들까. 동철은 뒤통수를 긁적였다.

문이, 문이 열리지 않아요. 사장님.

뭐라고.

문이요, 사장님. 문. 도어.

뜻밖의 말이었다. 동철은 굳게 닫힌 문을 바라보았다. 비서가 몸을 숙여 바닥에 떨어뜨린 쟁반을 주웠다. 중력의 아름다운 작용에 의해 벌어진 블라우스 사이로 옅은 올리브색 브래지어가 보였다. 문이고 뭐고 아무래도 상관없으니 시간이 멈추길 빌었다.

버튼을 누르세요.

그때까지 조용하던 72번 남자가 자동문 옆에 붙은 버튼을 가리키며 말했다. SF영화 속 안드로이드처럼 기계적인 말투였다.

제가 바본 줄 알아요?

비서가 코를 훌쩍이면서 신경질적으로 쏘아붙였다.

누가 바보랍니까.

그도 지지 않고 대들었다. 동철은 72번에게는 분명 애인이 없을 것이라고 생각했다. 31번 여자가 더 이상의 소요는 용납할 수 없다는 듯 자리에서 일어나 문을 향해 다가갔다. 당차다고밖에 표현할 수 없는 걸음걸이였다. 저런 행동도 면접점수에 포함이 될까 하는 엉뚱한 의문이 들었다. 모두 숨을 죽인 채 여자의 행동을 주시했다.

비켜봐요.

비서가 쟁반을 소중한 곰인형처럼 품에 안으며 문으로부터 물러났다. 31번 여자가 버튼을 향해 손을 뻗었다.

딸각, 딸각.

문은 요지부동이었다.

진짜 안 열리네요.

누군가 한숨을 내쉬었다. 기대가 실망으로 바뀌는 순간이었다.

뭐야, 겨우 그러려고 일어난 거야.

동철이 저도 모르게 말했다.

뭐라고요.

아닙니다.

아닌 게 아니라 지금 뭐라고 하셨잖아요.

31번이 말꼬리를 붙잡고 늘어졌다. 이래저래 피곤한 인간이었다. 부아가 치밀었다.

혼잣말이었습니다.

누가 혼잣말을 그렇게 크게 해요.

제가 그렇게 합니다, 혼잣말. 안 됩니까.

지금 제가 여자라고 무시하시는 거예요?

네?

뜻밖의 말에 놀란 동철이 어깨를 움츠렸다. 분명히 면접이라는 상황을 의식한 발언이라는 생각이 들었다.

그렇게 잘나셨으면 직접 해보시던가요.

신이 난 듯 들리는 목소리였다. 동철은 사장의 눈치를 살피며 주뼛주뼛 문 앞으로 다가갔다. 31번이 더러운 노숙자를 마주한 듯 동철을 피해 자신의 자리로 돌아갔다. 비서가 여전히 쟁반을 안은 채 동철을 바라보고 있었다. 이건 너무하잖아? 자신은 여자라고 무시하고 그런 사람이 아니라고 항변하고 싶었다. 버튼을 눌러보았지만 직전까지 열리지 않던 문이 반응할 리는 만무했다. 사장이 앉은 채로 눈길만 돌려 동철을 바라보고 있었다.

이거 안 되네요.

뒤편에서 31번 여자가 코웃음 치는 소리가 들려왔다. 비서가 입을 비죽이 내밀었다. 실망한 눈치였다.

정전인가.

변명하듯 말을 덧붙였다. 그제까지 조용히 있던 72번 남자가 갑자기 위를 향해 검지를 들어보였다. 천장에는 형광등이 켜져 있었다.

우리 이성적으로 생각해봅시다.

신탁을 전하는 사제와 같은 그의 음성과 포즈에 면접장 안이 일순 조용해졌다. 모두를 비이성적인 인간으로 몰아붙여 점수를 따려는 얕은 수작이었다. 적절한 제스처는 면접관의 집중을 유도해 추가점수를 확보하는 좋은 방법이었다. 또 한 방 맞았다는 생각이 들었다.

그래요. 제가 죄송했어요.

31번이 재빨리 분위기에 편승했다. 동철은 멍하니 두 면접자를 번갈아 바라보았다. 두 사람은 호흡은 잘 맞지 않지만, 어떻게든 공을 반대편으로 보내고야마는 혼성복식탁구팀 같았다. 그들의 어깨 너머로 턱을 괸 채 사태를 관망하는 사장의 모습이 보였다. 시종일관 미동조차 하지 않는 그가 바로 이 게임의 심판이었다.

아니, 문만 정전일 수도 있고.

입에서 그런 말이 조그맣게 나왔다. 면접이 시작되면서부터 어째 변명만 한 것 같다는 자책감이 들었다.

어머, 그럴 수도 있어요? 진짜 문만 정전일 수도 있어요?

비서가 놀라며 물었다. 덕분에 사장을 포함한 모두가 동철의 말을 되새길 수 있었다. 비서가 바보인 건지, 혹은 자신을 바보라고 생각해서 놀리는 것인지 구분이 가지 않았다. 화를 내고 싶었지만 쓸데없이 예쁜 탓에 그러기도 쉽지 않았다.

이성적으로 생각하자고 하지 않았습니까. 휴대폰 좀 줘보세요.

72번이 31번에게 손을 내밀었다. 그녀가 없다고 하자 이번에는 동철을 바라보았다. 순진하게 반응했다간 손해를 볼 수도 있었다. 이번에야말로 진취적인 모습을 보일 차례였다.

대기실에 놔두고 와서. 사장님 휴대폰 좀 빌려주시겠습니까.

사장실에 두고 왔네만. 김비서.

나도 두고 왔어요. 핸드폰을 들면 쟁반을 못 드니까. 손은 두 개뿐이고 대추차도 타야 하는데. 꿀이 들어서 많이 저어야 해요, 대추차는.

비서가 시선을 바닥으로 내리깔았다. 인간의 손은 두 개뿐이니 이치에 맞는 소리긴 했다.

왜 안 가져왔나. 중요한 일이 있으면 어쩌려고.

사장이 약간 신경질적인 목소리로 질문했다. 이 역시 면접의 일부일 수도 있겠다고 생각하며 동철은 슬그머니 자신의 자리로 돌아와 앉았다.

물론 그럴 수도 있겠지만, 저의 어머니께서는 인생은 길게 보는 것이 중요하다고 항상 말씀하셨습니다. 어쩌면 지금이 제 인생에서 가장 중요한 순간일지도 모른다는 생각이 들어 대기실에서 가방에 넣어두고 들어왔습니다.

저, 저도 그랬습니다. 또 다른 세상을 만날 때는 잠시 꺼두셔도 좋다는 말도 있잖습니까.

31번의 대답에 72번 남자가 재빨리 말을 얹었다. 한석규가 나오던 옛날 통신사 광고의 카피였다. 아무렇지도 않은 얼굴로 허풍을 떠는 두 사람을 보고 있으니 현기증이 일었다.

저는, 그냥 두고 들어가라고 해서 두고 들어왔는데요.

동철의 말에 사장이 고개를 갸웃거렸다. 면접이고 뭐고 망했다는 생각이 들었다. 아니, 두고 들어가라는데 어쩌란 말인가. 등 뒤편에서 비서가 다시 훌쩍이기 시작했다.

죄송해요. 모두 저 때문이에요. 이분들은 아무 잘못이 없어요. 제가 놓고 들어가라고 했어요. 이런 일이 생길 줄도 모르고.

지금 누구의 잘못을 탓하는 게 아니잖은가.

맞습니다. 이건 공공의 선과 관련된 딜레마지요.

기회다 싶어 재빨리 부연했다. 아직 희망의 끈을 놓기엔 일렀다. 사장은 여전히 턱을 괸 채 동철을 바라보고 있었다.

자넨 지금 무슨 소릴 하는 건가.

예, 저는 일단 사태를 정리해야 할 것 같아서.

지금 필요한 건 해결이지 정리가 아니죠.

31번 여자가 따지고 들었다.

아니, 정리를 해야 해결을 할 수 있을 것 아닙니까.

그게 아니죠. 해결을 한 후에 정리를 하는 거죠.

언니 멋있어요.

비서가 끼어들었다. 분위기가 자연스레 요즘 유행이라는 토론면접처럼 흐르고 있었다. 동철은 화가 났다.

그런 식으로 생각하는 사람들 때문에 이 나라에 독재자들이 나타난 겁니다.

그 발언 감당할 수 있으시겠어요.

감당은 무슨 감당입니까. 겨우 문 하나 여는 문제 가지고.

17번님 문과시죠.

응시번호 17번, 박동철, 팔십팔 년생, △△대학교 국문과.

두 사람은 승강이를 멈추고 비서를 바라보았다.

서류 정리하다 봤어요. 제가 기억력이 좋은 편이거든요.

문과 사람들은 이래서 문제예요. 해결할 생각은 안 하고, 조금만 불리하다 싶으면 허무주의에 빠져서 문제를 축소할 생각만 하죠. 안 그래요?

그녀가 72번에게 동의를 구했다.

저도 문과입니다.

맞아요. 철학과. 맞죠?

72번이 고개를 끄덕였다. 비서가 박수까지 쳐가며 좋아했다. 맞췄다는 사실이 마냥 기쁜 모양이었다.

그러는 잘난 31번님은 전공이 뭡니까.

동철이 물었다.

비꼬시는 거죠.

그냥 묻는 겁니다.

전 화학과요. 됐어요?

그건 복수전공이고 원래는 피아노 전공이시잖아요.

다시 비서가 끼어들었다. 동철은 받은 것을 되돌려주는 심정으로 가능한 크게 코웃음을 쳤다.

너 뭐야. 사장님. 왜 이 여자가 제 신상정보를 알아야 하죠. 명백한 개인정보 유출 아닌가요.

사장이 눈살을 찌푸렸다.

그럼, 내가, 자네들 이력서까지 직접 정리하란 말인가.

아니, 그런 건 아니지만.

그녀가 말을 얼버무렸다. 허무주의에 빠져 문제를 축소할 요량으로 보였다. 비서가 31번의 어깨에 손을 얹었다.

언니 죄송해요. 저는 그냥 학교 선배라 반가워서. 관두긴 했지만 저 플루트 전공이었어요.

31번이 비서의 손을 쳐냈다. 두 사람 사이에 팽팽한 긴장감이 감돌았다.

지금 뭐 하는 거야.

사장이 으르렁거리자 두 사람은 입을 다물었다. 동철은 슬슬 자신이 이곳에 왜 와 있는지 헷갈리기 시작했다. 갑자기 72번이 자리에서 벌떡 일어났다. 의자가 뒤로 넘어졌다. 그는 넘어진 의자 따위는 신경도 쓰지 않고 문 앞으로 다가가 버튼을 연달아 누르더니, 급기야는 주먹으로 문을 두드리기 시작했다. 속이 비어 있는 철문이 컹컹거리는 소리를 냈다. 강박적인 동작이었다. 모두 멍하니 그 모습을 지켜보았다.

아마 안 들릴 거예요. 임원 회의실은 제일 구석진 곳에 있어서. 보세요. 창문도 없잖아요.

비서의 말대로 방은 문만 막힌다면 완전한 밀실이었다. 사장이 불편한 듯 헛기침을 했다. 72번이 행동을 멈추고 천천히 뒤를 돌아보았다.

사장님. 의도는 알겠지만, 이제 이런 연극은 그만두셨으면 합니다. 이런 식의 극단적 실험으로는 인간의 어떠한 면도 규명해내기 어렵습니다.

내가 자네들을 데리고 장난이라도 친다는 건가?

72번이 눈을 깜빡였다.

화장실에 가고 싶습니다.

뜻밖에도 그의 눈에서 눈물이 한 방울 떨어져 내렸다.

어머나.

누군가의 입에서는 감탄사가 나왔고, 밀실 안의 모든 사람들은 72번이 진심으로 화장실에 가고 싶어한다는 사실을 알수 있었다. 이제 공은 사장에게로 넘어갔다.

무슨 말인지는 알겠네. 그런데 이건 실제 상황이야. 지금저 문은 정말 열리지 않으니까 조금만 참아보게. 힘든 사람이자네만은 아니잖은가.

죽을 것 같습니다.

목소리가 떨리고 있었다.

괜찮으세요?

비서가 그의 등에 손을 얹으며 말했다. 걱정이 가득한 얼굴이었다. 72번이 몸을 옆으로 피했다.

거, 건드리지 말아주십쇼.

큰 건가?

사장이 물었다.

작은, 겁니다.

작은 거군.

그 말이 신호라도 되듯 72번은 두 손으로 머리를 감싸 쥐며 쭈그려 앉았다.

제발. 누가 문 좀.

신음 같은 소리가 튀어나왔다. 사장이 눈을 지그시 감았다.

모두 잔을 비우세요.

비서가 진격 명령을 내리는 잔 다르크와 같은 기세로 테이블 위를 가리켰다. 모두 영문을 모른 채 비서를 바라보았다.

아이참. 잔을 비우시라고요.

그녀가 답답하다는 듯 같은 말을 반복했다. 동철은 그제야 고개를 끄덕였다. 일단 잔을 비우고 다시 채우면 되는 일이었다. 적어도 바지에, 혹은 바닥에 실례를 하는 것보다는 인간적인 방안이었다.

그건 좀.

72번이 말했다. 고개를 파묻고 있어 마치 몸 전체로 말하는 것 같았다.

괜찮아요. 생리적 현상이잖아요. 달리 부끄러운 일이 아니에요. 인간이니까요.

비서가 유치원생을 달래듯 말했다. 인간이라니. 유달리 설득력이 있는 발언이었다. 동철은 말없이 대추차가 든 잔의 손잡이를 잡았다.

멈춰요.

31번 여자가 자리에서 일어나며 다급하게 외쳤다. 이번에는 72번도 고개를 들었다.

그러다 남은 사람들까지 급해지면 어떻게 해요.

틀린 말은 아니었지만 매정하다는 생각이 드는 것까지 막을 수는 없었다.

그래서 어쩌자는 겁니까.

동철이 따져 물었다.

그렇게 감정적으로만 접근할 문제가 아니죠.

피아노과시라면서요.

이런 경우라면 이미 마려운 사람이 컵을 비우는 편이 가장 이성적인 선택이죠.

31번이 동철을 깨끗이 무시하고 말했다. 확실히 저런 인간들이 권력을 잡으면 독재자가 되는 거라는 생각이 들었다.

그쪽이 이치에 맞는 소리긴 하군. 다다익선이라는 말도 있지 않은가.

사장이 사안의 결정권자처럼 말했다. 그런 뜻으로 사용하는 사자성어가 아니었지만, 잠자코 입을 다물었다. 그제까지 당사자이면서도 논의의 중심에서 벗어나 있던 72번이 자리에서 일어나 테이블을 향해 비틀거리며 다가왔다. 네 개의 컵이 그의 앞에 모아졌다. 찻잔 안에는 잣 몇 알이 동동 떠 있었다. 그가 밀실 안의 사람들을 둘러보았다. 턱을 괸 사장을 제외한 모두가 눈을 마주치지 못하고 고개를 숙였다.

꿀꺽꿀꺽.

대추차가 목울대를 넘어가는 소리가 고요한 파문을 일으키며 번져갔다. 한 잔이 비고, 두 잔이 비었다. 턱 밑으로 액체가 흘러내렸다. 그가 손에서 막 세 번째 잔을 내려놓았을 때, 비서가 마지막 잔을 향해 손을 뻗었다.

도와드릴게요.

그녀는 얼굴과 목소리 그리고 마음까지 예쁜 사람이었다.

괜찮습니다.

아니에요. 저도 마침 목이 말랐거든요.

기꺼이 희생을 자처하는 인간 앞에서는 모두가 죄인이었다. 음료를 마시는 비서의 가슴이 오르내리는 모습을 경건한 마음으로 바라보며, 동철은 먼저 나서지 못한 자신을 책망했다.

72번이 빈 잔을 든 채로 서 있었다. 막상 실행에 옮기려니 망설여지는 눈치였다. 어느 쪽을 선택해도 인간의 존엄성에서는 한 발짝 정도 멀어지는 길이었으니 그럴 만도 했다. 그가 빈 잔을 든 채로 자동문 버튼을 향해 손을 뻗었다. 지푸라기를 향해 손을 뻗는 자의 그것처럼 애처로운 손짓이었다.

그런데 굳이 다 마실 필요는 없지 않았나요.

31번이 말했다.

그러네요. 그렇게 많이 쌀 것도 아니고.

72번이 두 사람의 말을 무시하고 천천히 사장의 뒤편 벽을 향해 걸어갔다. 동철과 31번은 조용히 자리에서 일어났다.

사장님도 이쪽으로 오시죠.

동철이 말했다. 사장이 눈을 깜빡였다. 두 눈에서 끝까지 위엄을 잃고 싶지 않다는 고집이 느껴졌다.

나는 그냥 여기 있겠네. 어차피 등 뒤라 보이지도 않잖은가.

그에게는 누군가의 수치보다는 자신의 체면이 더 중요한 모양이었다.

그건 그렇지만 그건 좀 아니잖습니까.

동철이 물었다. 어디서 그런 용기가 샘솟았는지 스스로도 알 수 없었다.

됐으니까 모두 돌아보지 마세요.

72번이 새된 목소리로 말했다. 동철은 잠자코 벽을 향해 돌아섰다. 흰 벽을 가까이서 마주하니 어지러움이 일었다. 얼른 이 어색한 상황이 끝났으면 싶었다. 곁눈질로 옆을 살펴보니 31번 여자가 고개를 내젓고 있었다. 곧 물이 떨어지는 소리가 들려오기 시작했다.

어머니가 돌아가시기 전에 가족들끼리 자주 외가댁에 갔었어요.

환청인가 싶어 옆을 돌아보니 비서가 눈을 반쯤 감은 채 중얼거리고 있었다. 그녀는 벽 너머 어딘가를 바라보고 있는 것 같았다.

외가댁 앞에 시냇가가 있었는데 여름이면 꼭 이런 소리를 내며 흘렀어요. 맨발을 담그고 있으면 너무 시원했는데.

오줌에 발을 담그고 있는 그녀의 모습이 머릿속에 떠올랐다. 더럽기보다는 외설스러운 구석이 있는 상상이었다. 졸졸 졸 물 흐르는 소리를 배경으로 그녀의 추억담은 좀처럼 멈추지 않았다.

그때는 아버지도 참 친절하고 좋은 사람이었는데.

아니, 김연정씨 이런 상황에 갑자기 무슨 소린가.

뒤편에서 사장이 헛기침을 하며 말했다. 그녀의 이름은 연정이었다.

사장님은 집에서 어떤 아버지세요?

그런 얘기는 나중에 개인적으로 하지.

비서가 킥킥거리며 웃었다. 개인적이라는 건 무슨 뜻일까. 소리가 멈췄다.

대화중에 죄송합니다만 잔 하나만 더 가져다주시겠습니까?

두 여자가 동철을 바라보았다. 동철은 일부러 못 들은 척을 하며 딴청을 피웠다. 사장이 움직이는 꼴을 봐야 직성이 풀릴 것 같았다.

제발 빨리 가져다주세요.

다급한 목소리가 들려왔다. 초인적인 의지로 자신의 몸을 제어하고 있을 그를 생각하니 미안한 마음이 들었다. 결국 뒤를 돌아보았다. 여전히 깍지를 낀 채 턱을 괴고 앉아 있는 사장의 어깨 너머로 72번의 뒷모습이 보였다. 반쯤 내려간 바지사이로 엉덩이에 딱 달라붙은 형광색 드로즈가 눈에 들어왔다. 테이블 위에는 세 개의 잔이 놓여 있었다. 동철은 립스틱이 묻지 않은 잔을 집어 들었다. 앉아 있던 사장과 눈이 마주쳤다. 아무래도 좋다는 생각으로 그를 향해 주먹을 들어 보였다. 가운데 손가락을 들어야겠다고 생각했지만, 정작 펴진 것은 엄지였다. 굿 럭. 행운을 빈다는 제스처였다. 앉아 있던 사장이 눈을 가늘게 뜨며 고개를 갸웃거렸다. 민망함에 재빨리 손을 거두고 동철은 72번의 어깨 너머로 잔을 내밀었다. 지금 정말 행운이 필요한 사람은 사장이 아니었다.

바닥에 좀 놔주세요. 제가 움직일 수 없어서.

최대한 성기를 보지 않기 위해 노력하며 다리 사이에 컵을 놔주었다. 채 몸을 일으키기도 전에 다시 소리가 나기 시작했다. 용케도 조준은 잘된 모양이었다.

다 됐습니다.

세 사람은 그제야 뒤를 돌아보았다. 바닥에 이전까지 없던 잔 두 개가 마술처럼 놓여 있었다. 72번은 공연을 마친 마술사처럼 반대편 벽을 향해 걸어갔지만, 어디에도 그를 위한 퇴장로는 마련되어 있지 않았다.

괜찮아요.

비서가 말했다. 의문형이 아니었다. 무슨 일을 할까 싶었지만, 72번은 그저 벽의 모서리를 바라보고 서 있을 뿐이었다. 깊은 한숨소리가 들려왔다. 동철은 면접실에 창문이 없어 다행이라고 생각했다.

아무도 오지 않네요.

31번이 말했다.

사장님께서 면접이 끝날 때까지 방해하지 말라고 하셨거든요.

내 잘못이란 건가.

누구의 잘못을 따지는 게 아니잖습니까. 공공의 선을 추구하다 보니 생긴 일이니까요.

까고 있네.

갑작스럽게 터져 나온 72번의 욕설에 모두 입을 다물었다. 그가 안주머니에서 담배를 꺼내 불을 붙였다. 담배를 피우지 않는다고 했다는 사실에 대해서는 아무도 따져 묻지 않았다. 흡연자인 동철은 마른 입맛을 다셨다. 그때 휴대폰 진동소리가 들렸다. 모두 소리의 출처를 찾아 두리번거렸다.

아, 진짜.

31번 여자가 주머니에서 휴대폰을 꺼냈다. 앙증맞게 접히는 플립형 휴대폰이었다.

언니.

여자가 검지를 자신의 입 앞에 갖다 댔다. 통화중이니 에티켓을 지키라는 뜻이었다.

여보세요. 네. 제가 지금 다른 곳에 일이 있어서요. 죄송합니다. 네, 그 시간까진 꼭 도착하도록 하겠습니다. 정말 죄송합니다. 배려해주셔서 감사합니다.

전화가 끊어졌다. 동철은 31번을 바라보았다. 화가 난다기보다는 황당했다. 도대체 뭐하자는 플레이야.

왜 그렇게 쳐다봐요. 제가 뭐 사람을 죽인 것도 아닌데. 다른 분들도 다 갖고 있잖아요.

인생의 중요한 순간이라면서요.

그거야 그냥 물어보니까 하는 말이죠. 저 여자가 분명히 놓고 들어가라고 했는데 그쪽이면 그 상황에 있다고 말할 수 있어요? 왜 저한테 그래요. 저 사람도 담배 안 피운다고 했잖아요.

그녀가 벽을 바라보고 서 있던 72번을 가리켰다.

그런 문제가 아니잖습니까.

그럼 여기가 안이지 밖이에요?

이제는 군대에서도 쓰지 않는 농담이었다. 동철은 자신의 귀를 의심하며 입을 열었다.

뭐라고요.

안이지 밖이냐고요! 됐으니까 얼른 전화나 해요. 일단 여기 나가서 얘기해요. 이래서 내가 중소기업에는 원서 안 쓴다니까.

자네 지금 내 회사를 무시하나.

사장이 소리쳤다. 비서가 갑자기 박수까지 쳐가며 웃기 시작했다. 모두 잠시 행동을 멈추고 그녀를 바라보았다.

아, 그게 그런 뜻이구나. 안하고 밖. 아니지 밖이에요. **빵**터지네.

우리 회사는 임원급만 일곱 명이 넘는 중견기업이네.

알았으니까. 얼른 전화나 하세요.

모두 각자 말을 하기에 바빴다. 31번 여자가 사장에게 휴대폰을 내밀었다. 휴대폰을 받아든 그가 액정화면을 물끄러미 바라보았다.

얼른 하셨으면 좋겠습니다. 저는 당신들을 꿈에서라도 다시 보고 싶지 않습니다.

72번이 담배꽁초를 바닥에 던지며 말했다.

그건 나도 마찬가지네.

저도요.

왜요. 다들 같이 일하면 좋죠. 이것도 추억인데.

비서가 물색없이 말했다. 그녀는 마치 몸짓으로서만 존재하는 인간 같았다.

설마 아는 연락처가 없는 건 아니죠.

31번이 따지듯 물었다. 이미 면접이고 뭐고 신경도 쓰지 않는다는 투였다.

내가 부하직원 연락처까지 외워야 하나.

아니, 그러면서 기업의 정의니 뭐니 그런 소리를 하셨어요?

그게 도대체 정의와 무슨 상관인데. 그러는 아가씨 부모님 연락처는 아나.

두 사람이 데피니션과 저스티스 중 어떤 정의에 대해 이야기 하는지 헷갈렸다.

아가씨라뇨. 말조심하세요.

저 총무부 안과장님 연락처 알아요.

비서가 손을 들며 말했다. 사장의 얼굴이 순식간에 붉어졌다.

안과장은 유부남이잖아.

제가 원래 한 번 본 건 안 잊어먹잖아요.

그놈한테 연락을 왜 했는데.

어차피 관심도 없으면서 무슨 상관이에요.

얼른 똑바로 대답 못 해?

아침드라마에서나 볼 법한, 정나미가 떨어지는 장면이었다.

됐으니까 사랑싸움은 나가서 하시고 안과장인가 뭔가 연락이나 해보세요.

동철이 사장의 손에 들린 휴대폰을 낚아채며 말했다. 사장은 더러운 것이 닿았다는 듯 잽싸게 손을 뒤로 뺐다. 기분이 상했다.

이 새끼는 또 무슨 소리야.

새끼라니. 사장이면 그렇게 막말해도 됩니까.

쉬이 —

비서가 휴대폰을 귀에 대며 팔을 내저었다. 신호가 가는 소리가 희미하게 들려왔다.

이리 줘봐.

사장이 비서를 향해 손을 내밀었다. 두 사람은 서로를 노려보았다. 결국 사장의 손에 휴대폰이 넘어갔다. 안과장은 전화를 받지 않았다. 비서가 고개를 숙이며 테이블을 손가락으로 훑었다.

그 사람이 원래 모르는 번호는 잘 안 받아요.

안과장이 왜 네 그 사람이야.

사장이 들고 있던 휴대폰을 바닥에 내동댕이쳤다. 여전히 팔꿈치를 탁자에 붙이고 있어 어딘가 어색한 동작이었다.

이 변태 영감탱이가 뭐하는 짓이야.

31번이 빠른 걸음으로 사장을 향해 다가갔다.

가까이 오지 마!

손이 어깨에 닿자 사장이 갑자기 고함을 지르며 바닥에 나동그라졌다. 31번의 입에서 비명이 터져 나왔다. 사장은 머리채를 움켜잡고 바닥을 뒹굴기 시작했다. 입에서는 영문을 알 수 없는 신음소리가 튀어나왔다.

아빠!

비서가 놀라며 사장에게 다가갔다. 그녀가 쭈그려 앉아 사장의 머리를 받쳐 들었다. 무릎 위에 걸쳐 있던 치마가 말려 올라가며 허벅지의 맨살이 드러났다. 동철은 침을 삼켰다.

저는 아무 잘못 안 했어요. 그냥 조금 밀쳤을 뿐이라고요.

31번이 뒤로 물러나며 말했다.

숨, 숨이.

보고만 있지 말고 좀 도와줘요. 아빠 괜찮아?

사장이 손을 들어 닫힌 문을 가리켰다. 손가락 끝이 심하게 떨리고 있었다.

문 좀 제발. 저 문.

폐소공포에 따른 일시적 공황장애처럼 보였다. 72번이 낄낄거리며 웃기 시작했다. 31번은 자꾸만 자기는 잘못이 없다고 중얼거렸다.

제발요.

비서가 동철을 올려다보았다. 동철은 예비군 훈련 때 배운 심폐소생술 절차를 떠올리며 사장의 머리맡에 쭈그려 앉았다. 기도를 확보하기 위해 두 손가락으로 턱을 밀어 고개를 뒤로 젖히고, 한 손으로 사장의 코를 막았다. 다음 절차는 마우스 투 마우스였다. 동철은 망설였다.

뭐 하세요? 코를 막으면 우리 아빠가 숨을 못 쉬잖아요.

72번이 더 크게 웃기 시작했다. 그녀는 사장의 딸이었다. 눈을 질끈 감고 입술을 내밀며 동철은 어쩌면 잘될 수도 있겠다고 생각했다.

비극의 제왕

언제부턴가 우리는 그를 비극의 제왕이라고 불렀다. 물론 처음부터 그렇게 부른 것은 아니었다. 처음에는 그의 이름을 따서 '비극의 재완'이라고 부르던 것이 변하여 비극의 제왕이 된 것이다. 지난 일 년 동안 그는 우리 세 사람의 방을 옮겨 다니며 살았다. 다른 두 사람도 그랬는지 모르겠지만, 이상하게도 술기운이 오르면 방구석에서 구부정한 자세로 노트북을 바라보고 있을 그의 뒷모습이 떠오르곤 했다. 그럴 때면 저절로 이런 말이 나왔다. '방에 가서 한잔 더 할까?' 그 말이 재완을 보러 가자는 얘기임을 알기에 모두 잠자코 고개를 끄덕였다. 술과 간단한 안주거리를 사들고 현관문을 열면 거기에는 항상 비극의 제왕이 있었다. 마치 누구나의 방에 하나쯤은 놓여 있는 탁상시계처럼. 그는 들어서는 우리를 보며 말했다.

형들 오셨어요.

처음 그를 본 것은 퇴근 후에 들른 기철의 자취방에서였다. 백 킬로그램이 족히 넘어 보이는 거구의 몸으로 바닥에 놓인 노트북을 구부정한 자세로 바라보고 있는 그의 모습은 마치 거대한 번데기를 찌그러뜨려놓은 것처럼 보였다. 어딘가 달리의 그림이 연상되는 회화적인 모습이었다. 누구냐는 나의 물음에 기철은 그저 아는 동생이라고만 대답했다. 나, 민석, 기철 그리고 비극의 제왕은 그날 밤 함께 술을 마셨다. 나는 원래 술이 센 편이었지만 비극의 제왕 역시 도무지 취한 기미가 보이지 않았다. 민석과 기철은 이미 취해서 잠들어버렸고, 나는 처음 보는 그와 조용히 술잔을 비워냈다. 데면데면한 자리였다. 그는 소주를 한 모금 입에 머금은 후에 입속에서 오래토록 굴리다가 삼키기를 반복했다. 술잔을 들고 다도를 펼치는 듯한 기묘한 모습이었다. 술기운이 오르기 시작했다. 그는 내 인생에서 만난 나보다 술을 잘 마시는 두 번째 인간이었다. 눕고 싶었지만 이미 두 사람이 누워버린 기철의 좁은 방에는 우리가 술을 마시고 있는 자리 이외의 공간은 남아 있지 않았다. 내가 하품을 하자 그가 기다렸다는 듯 말했다.

졸리면 주무세요.

무심코 누워 있는 두 사람을 내려다보았다. 내 의중을 읽었는지 그가 사람 좋게 웃으며 말했다.

저는 저기서.

비극의 제왕이 손가락으로 가리킨 방향에는 책상과 의자가 있었다. 옷장을 제외하면 기철의 방에서 가구라고 부를 수 있는 유일한 물건이었다. 거대한 몸을 차곡차곡 접어서 올려두지 않는 이상 그 자리에서 자는 것은 불가능해 보였다.

어떻게.

저는 괜찮아요.

그가 먼저 일어나 술병을 치우기 시작했다. 몸집과는 다르게 재빠른 동작이었다. 나와의 술자리가 불편했나. 못내 신경이 쓰였다. 정리를 돕고 싶었지만 다리가 풀려 오히려 방해만 될 듯싶었다. 술에 취하면 다리가 풀리는 것은 나의 치명적인 단점이었다. 정리를 마친 그가 불을 껐다. 이불도 없이 그가 만들어준 빈자리에 누워 눈을 감았다. 먼저 누운 두 사람이 한 장뿐인 이불을 이미 차지한 터였다.

형들 부러워요.

까무룩 잠이 들었나 싶었을 때 어디선가 목소리가 들려왔다. 깜짝 놀라 눈을 뜨고 두리번거렸다. 등을 돌린 채 의자에 앉아 있는 그의 뒷모습이 보였다. 쪼그려 앉아 있는지 의자 밑으로 다리가 보이지 않았다. 책상에 놓인 모니터 불빛을 받은 그의 새까만 뒤통수가 거대한 구멍처럼 떠 있을 뿐이었다. 마침 노트북에서부터 비명소리가 흘러나왔다. 기기괴괴한 풍경이었다.

비극의 제왕의 주된 수입은 온라인 게임을 통해서 나왔다. 그는 방바닥에 노트북을 놓고 종일 구부정한 자세로 게임에 몰두했다. 매일을 하루처럼 가상세계에 펼쳐진 전쟁터에서 몬스터들을 도륙했고, 보상으로 주어지는 아이템이나 사이버머니를 현금화했다. 때문에 기철의 방은 몬스터가 내지르는 비명으로 도살장을 방불케 했다. 그 소리에 노이로제가 걸릴 지경이 된 기철은 그에게 자신이 공연하는 소극장에 나와 아르바이트라도 할 생각이 없냐고 물었다. 돌아오는 대답은 간단했다.

거기선 레벨이 오르지 않잖아요.

결국 기철은 그에게 헤드셋을 선물했고, 자취방은 평화를 되찾았다. 기철은 그런 그를 두고 '여러 의미로 대단한 놈'이라고 말했다.

기철이 비극의 제왕에게 나가달라고 말한 때는 두 사람이 함께 산 지 삼 개월이 지난 후였다. 이유는 간단했다. 새로운 여자가 생긴 것이다. 우리 중 가장 어리바리한 기철이었지만 여자 문제에 있어서만큼은 남달랐다. 그의 새로운 여자친구는 굳이 만나지 않아도 쉽게 떠올릴 수 있었다. 연극배우인 기철은 꼴에 인터넷에 팬카페도 있었다. 정회원은 76명. 운영자는 기철 자신이었다. 자신의 팬카페를 직접 만들어서 운영하는 짓은 좀 낯부끄럽지 않느냐는 나의 질문에 그는 '뭐, 요즘은 자기PR 시대니까'라고 대답했다. 콧날이 살짝 휘기는 했지만 충분히 호감을 주는 인상이었고, 외모에서 나오는 자신감 때문인지 누구 앞에서 긴장하는 법이 없었다. 때문에 그의 주위에는 항상 여자들이 들끓었다. 기철은 그중에서 기가 막히게 자신에게 맞는 여자들을 찾아냈다. (개별적으로 구분되지 않는) 그녀들은 자신의 문화적 취향이 특별하다고 믿는 부류였다. 기철은 그녀들에게 자신이 아직까지 때를 못 만난 예술가라는 이미지를 심어주는 데 능했다. 굳이 얘기하자면 기철의 연기는 형편없는 쪽에 가까웠다. 그 때문인지 간간이 영문을 알 수 없는 실험극 따위에 적은 보수로 캐스팅됐다. 일부 이상한 연출가들이 어눌하게 대사를 읊는 그의 연기를 좋아하는 탓이었다. 그 기묘한 배역들은 기철에게 좋은 바리케이드가 되어 주었다. 그녀들은 가난한 예술가인 기철을 위해서 기꺼이 자신의 지갑을 비롯한 모든 것을 내주었다. 봉사활동과 구분이 가지 않는 그러한 연애활동은 그녀들에게 스스로를 예술을 사랑하는 심미안을 갖춘 문화인이라는 일종의 자기 최면을 걸어주는 것처럼 보였다.

대학로에 삼십 분 정도만 앉아 있어도 그런 여자들 한 트럭은 볼 수 있어.

기철의 말이었다. 그런 그의 방에서 비극의 제왕이 삼 개월을 넘게 체류했다는 사실은 기적에 가까운 일이었다.

주섬주섬 자신의 짐을 챙긴 비극의 제왕은 당연하게도 민석의 방으로 향했다. 갑작스런 방문에 당황한 집주인 앞에서 그는 한국어에 능숙하지 못한 외국인처럼 어절마다 또박또박 힘을 주어 말했다고 한다.

저는 없습니다, 갈 곳이.

월세 오만 원에 전기세를 부담하는 조건으로 비극의 제왕은 민석과 함께 살게 되었다. 그의 처지가 딱하기도 했지만 민석에게 당장 급한 것은 돈이었다. 돈 오만 원이면 모텔 일반실의 평일 숙박비가 나온다. 연인이 있는 민석에게는 거부

하기 힘든 조건이었을 것이다. 우리와 만나는 시간을 제외하고는 대부분의 시간을 도서관 열람실에서 보내는 그에게 방은 그저 찜질방의 수면실이나 마찬가지였다. 또한 민석의 방은 여자친구를 데려오기에는 너무 고지대에 위치했고, 좁았다. 똑똑한 그는 이런저런 조건을 따져봤을 때 비극의 제왕과 함께 사는 것이 나쁘지 않겠다는 결론을 내렸다.

그즈음 민석은 언제나 나에게 돈을 빌리러 왔다. 묻지는 않았지만 기철에게도 찾아가는 눈치였다. 회사 근처 술집에서 소주잔을 물끄러미 바라보던 민석이 말했다.

등록금이 너무 올랐어.

요즘 반값 등록금 투쟁 같은 것도 하던데.

목돈을 빌려달라고 할까봐 겁을 먹은 나는 재빨리 말을 잘랐다. 민석이 고개를 들어 나를 보았다.

야, 그런다고 한 번 올라간 돈이 어떻게 내려오냐. 차라리 시위할 시간에 공부해서 장학금 받는 게 똑똑한 거야. 하여간 머리도 나쁜 것들이 꼴에.

말을 채 마치지도 않고 민석은 혀를 찼다. 어차피 졸업을 한 나와는 상관없는 얘기이기에 그저 고개를 끄덕였다.

너 돈 좀 있냐.

지갑에서 오만 원짜리 지폐 두 장을 꺼내 그에게 내밀었다. 민석은 고맙다는 말도 없이 돈을 받았다. 나 역시 인사를 바라고 빌려준 것은 아니었다. 돈을 받은 그는 두 손으로 지폐를 들어 어두운 술집 조명 아래에 비춰본 후에 주머니에 구겨 넣었다. 가난하지만 거만한 자 특유의 애티튜드가 깃든 동작이었다. 별로 부럽지는 않았다. 내가 부러운 것은 그의 애인이었다. 어떻게 말주변도 없고, 외모도 나보다 못생긴(나는 그가 절대로 나보다 잘생겼다고 생각하지 않는다) 민석이 그렇게 예쁜 애인을 사귀게 되었을까. 그의 애인은 우리보다 한 살이 어린 스물다섯 살이었으며, 명문대를 다니는 민석보다 한 학번 후배지만 이미 졸업을 해서 대기업에 취직을 한 상태였다. 나는 민석을 볼 때마다 졸업을 한 뒤에 자신의 스펙을 배경으로 좋은 회사에 취직하고, 예쁜 후배와 결혼을 하게 될 그의 남은 인생이 드라마처럼 떠올랐다. 혹시라도 그가 잘된다면 나에게 돈을 열 배로 갚을지도 모르는 일이었고, 어쩌면 미래의 아내가 되었을 그의 여자친구가 소개팅이라도 시켜줄지 모른다는 기대감이 있었다. 뭐, 다 쓸모없는 일이 됐지만.

고지대에 위치한, 더럽게 좁은 민석의 방은 일단 들어가면 밤새도록 술을 마셔야 했다. 도무지 네 사람이 누울 공간이

나오지 않을 정도로 좁기 때문이었다.

　형들 오셨네요, 잠깐만요.

　우리가 방에 들어서자 비극의 제왕은 네 사람이 앉을 자리를 마련하기 위해 노트북을 자신의 무릎 위에 올려두었다. 마치 옛날 고문 방법인 압슬을 연상시키는 모습이었다. 다행히 노트북은 대리석만큼 무겁지 않았다. 지지부진하던 술자리의 대화는 자연스레 그제까지 많은 대화를 나누어보지 못한 비극의 제왕에게 초점이 맞춰졌다. 기철의 새로 바뀐 여자 친구나, 민석이 다니는 학교 이야기 혹은 나의 직장생활에 대한 불평 따위는 이미 지겨운 화제였다. 비극의 제왕은 자신이 먼저 말을 꺼내는 법 없이 우리의 질문에 충실하게 대답했다. 그리고 그날의 대화 이후에 우리는 그를 '비극의 재완'이라고 불렀다.

　재완은 편모슬하에서 자랐다. 하지만 그의 모친은 민석의 어머니처럼 근근이 가정을 꾸리기보다는 재혼을 하는 방법을 선택했다. 때문에 집으로 들어가는 일이 점점 줄었고, 결국 제대 후부터는 아예 발길을 끊게 되었다. 마찬가지로 편모슬하에서 자란 민석은 저런, 이라고 말했다. 또한 이 년제 대학을 나온 기철보다도 학력이 짧았다. 물론 집안 사정도 있었지만 그보다도 공부를 못한 이유가 더 컸다. 기철은 이런, 이라고 말하며 고개를 내저었다. 가장 행복했을 때를 묻는 질문에는 망설임 없이 군대라고 대답했다. 부대에서는 먹여주고, 재워주잖아요. 게다가 가만히 있어도 계급까지 오르고. 그 말에 우리 중 유일한 현역병이었던 기철이 말했다. 미친 거 아냐? 여자는 한 번도 사귄 적이 없었는데, 이유는 돈이 들어서였다. 그에게는 노트북이 있었다. 인터넷에 접속만 하면 수많은 영상물들을 볼 수 있는데 굳이 돈을 써가며 여자를 만나는 이유가 뭐냐며 오히려 되물었다.

세상에나.

우리는 한마음 한뜻으로 소리쳤다. 분위기가 점점 숙연해졌다. 그를 위해 무엇이든 해야 될 분위기였다.

에이 형들 괜찮아요.

그가 정말 괜찮게 웃었다. 군대 얘기가 마음을 움직인 걸까. 기철이 자리에서 일어났다.

답답하다. 나이트나 가자.

좁은 방이 답답하다는 뜻인지, 비극의 제왕이 답답하다는 말인지 구분이 가지 않았다.

나이트?

나이트.

클럽이 아니고?

아니, 이 경우엔 나이트야.

다녀오세요.

너도.

저도요?

그래, 너도.

우리 셋은 그를 데리고 나이트로 향했다. 기철은 잘생긴 외모와 특유의 언변으로 어느새 여자들을 홀렸으며, 민석은 자신이 자주 가던 싸고 깔끔한 모텔을 소개시켜주었다. 나는 술값과 모텔비를 내주었다. 어째서 기철의 몫까지 내줬는지는 잘 모르겠다고, 모텔촌으로 향하는 기철과 비극의 제왕의 등을 바라보며 생각했다.

괜찮겠지?

나의 물음에 민석은 만족스럽게 고개를 끄덕였다. 그가 가진 비극의 양을 조금이라도 줄여준 것 같아 뿌듯했다.

저런 인생도 있구나.

응, 완전히 비극의 결정판이야.

비극의 재왕이네.

막 고해성사를 마치고 나온 것처럼 상쾌한 기분이었다. 우리의 눈앞에는 모텔촌 양쪽으로 늘어선 화려한 간판들이 점멸하고 있었다. 최신식 인테리어, 환상의 안마 의자, 홈시어터

완비. 모두 우리의 방에는 없는 것들이었다.

　나에게도 한 번이지만 연인이 있었다. 민석의 애인보다는 못했지만, 그래도 귀여운 얼굴에 많은 장점을 가진 사람이었다. 대학교 일 년 선배였던 그녀는 무엇보다도 내가 군면제라는 사실을 마음에 들어했다. 알고 보니 그녀의 전 애인은 군대에서 수신자부담으로 이별을 통보한 학교 선배였다. 이유는 모르겠지만 그녀를 바라보면 내 머릿속에는 항상 노란색 유치원 버스에서 내린 아이가 엄마를 향해 달려가는 모습이 그려졌다. 그녀의 단점이라면 나보다 술을 잘 마신다는 것이었다. 당시 스무 살이었던 나는 여자와 섹스를 하는 방법을 열일곱 가지 알고 있었지만, 그 대부분은 일단 여자를 취하게 만들어야 했다. 결국 그녀와는 밤낮으로 술만 마셨다. 모든 술자리에 그녀를 불러냈고, 둘이 만나도 마찬가지였다. 불행하게도 언제나 먼저 취하는 쪽은 나였다. 때문에 번번이 그녀의 부축을 받아 귀가했다. 결국 내가 술이나 처마시려고 너랑 사귀는 줄 아냐는 말과 함께 차였다. 예나 지금이나 취하면 다리가 먼저 풀리는 것은 나의 단점이었지만, 더 큰 문제는 따로 있었다. 그녀의 단점은 나보다 술을 잘 마신다는 것 하나였지만, 다른 여자들의 장점은 나보다 술을 못 마신다는 것

뿐이었다. 그녀들에게서는 도무지 노란색 유치원 버스도, 거기에서 내리는 아이도 떠오르지 않았다. 일 년 전인가에 우연히 학교 모임에서 만난 그녀에게 이런 사실들을 털어놓자 그녀는 이렇게 말했다.

네가 그냥 쿨하게 한 번 자자고 했으면 잘 수도 있었어.

그럼 지금이라도 잘래?

꺼져.

결국 그날도 나는 술에 흠뻑 취했고, 다리가 풀린 채로 공원 벤치에서 아침을 맞았다. 그래서 나는 여전히 동정이다. 다른 친구들에게는 비밀이지만.

와중에 우리 사이에 조그만 균열이 생겼다. 민석이 애인과 헤어지게 된 일이었다. 소식을 들은 나는 기철에게 전화를 걸었다.

들었어?

응.

어떻게 해야 되지.

글쎄. 찾아가봐야 하나.

음.

우리는 침묵했다.

일단 두고 보자.

그래.

전화는 거기서 끊겼다. 일단 두고 보자고는 했지만 나는
민석에게 연락하지 않았다. 민석 쪽에서 두어 번 전화가 왔지
만 바쁘다며 통화를 피했다. 자연스레 기철과의 연락도 뜸해
졌다. 스물여섯의 나이였지만 우리는 아직 누군가의 비극과
마주했을 때 어떤 표정을 지어야 하는지 알 수 없었다.

지겨워, 다 지겨워.

민석이 애인에게 들은 마지막 말이었다. 이유는 간단했다.
연애에는 돈이 든다, 비극의 제왕의 말처럼. 간간이 돈을 빌
려가긴 했지만 그런 푼돈으로는 기껏해야 네 시간 정도의 대
실료와 밥 한 끼 먹을 정도밖에 안 됐다. 세 달마다 찾아오는
백 일이다, 이백 일이다 하는 두 사람만의 기념일, 달마다 껴
있는 사탕이나 초콜릿 따위를 선물하는 온갖 난삽한 이름의
날들은 돈이 없는 민석에게는 부담이었다. 그때마다 그는 그
녀에게 기어들어가는 목소리로 사과했다. 그녀는 괜찮다고 고
개를 끄덕였지만 당연하게도 괜찮을 리 없었다. 그날도 마찬
가지였다.

막 모텔을 빠져나와 스타벅스에서 자신의 카드로 두 사람

몫의 커피값, 팔천사백 원을 계산하는 그녀 앞에서 민석은 나직하게 말했다.

미안해.

그때, 점원이 고개를 들어 그녀를 봤을까. 민석은 늘 그러던 것처럼 시선을 내리깔고 바닥을, 혹은 자신의 신발을 내려다보고 있었을까. 하여간 그녀는 갑자기 들고 있던 트레이를 바닥에 내동댕이치며 발작적으로 소리를 질렀다고 한다.

지겨워, 다 지겨워.

그녀는 민석을 남겨둔 채 스타벅스를 빠져나갔다. 바닥은 시럽을 넣지 않은 두 잔 분량의 아메리카노로 흥건했다. 다갈색 얼룩을 망연히 바라보던 민석을 움직이게 만든 것은 점원의 목소리였다.

감사합니다. 사인해주세요.

사인을 하고 집으로 돌아와 있었던 일에 대해 하소연하는 민석에게 비극의 제왕은 이렇게 말했다.

거봐요. 여자들은 그저 돈만 밝힌다니까요.

나가.

네?

저기 있는 저 문을 열고 나가라고.

비극의 제왕은 당시 민석의 목소리를 이렇게 회상했다.

말도 마세요. 진짜 무슨 로봇같이 말했다니까요.

초인종 소리에 문을 열자 복도에는 비극의 제왕이 서 있었다. 등에는 거대한 등산용 배낭을 지고 있었고, 왼쪽 어깨에 노트북 가방이 대롱대롱 매달려 있었다. 공동현관의 비밀번호는 어떻게 누르고 들어왔지, 하는 의문이 들었다.

저 잠시 동안만 재워주세요.

그는 마치 나라면 분명히 응할 것이라는 투로 담담하게 말하고는 이마에 맺혀 있던 땀을 닦았다. 무늬 없는 회색 반팔 티셔츠의 가슴 부분이 흥건하게 젖어 있었다. 얼룩을 바라보던 나는 무심코 고개를 끄덕였다.

도무지 그 집에서는 일을 할 수가 없어서요.

그는 마치 피곤에 전 샐러리맨처럼 말하며 등에 지고 있던 배낭을 바닥에 내려놓았다.

쿵 —

배낭은 짙은 무게감이 느껴지는 소리와 함께 바닥으로 떨어졌다. 호기심에 들어보려고 했지만 만만한 무게가 아니었다.

엄청난 무게네.

내가 중얼거리자 그가 배낭을 발로 툭툭 차며 무심하게 말했다.

그럼요. 이게 제 전부인 걸요.

안에 무엇이 들었는지 짐작조차 가지 않았다.

한쪽 구석으로 치워. 거치적거리잖아.

그는 말없이 나를 바라보다가 배낭을 한구석으로 옮겼다. 그러고는 마치 예의 바른 세입자의 도리를 다하겠다는 듯 물었다.

이 방에서 지켜야 할 것이 있나요?

나는 방에서 음식을 먹지 않는다. 방 안에서 음식 냄새가 풍기는 것을 견딜 수가 없기 때문이다. 내 방에는 취사도구는 물론이고 냉장고조차 없었다. 비극의 제왕은 내 말을 듣고는 새삼 방 안을 두리번거렸다. 적잖이 당황하는 눈치였다. 나는 검지로 방바닥을 가리키며 말했다.

필요한 것이 있으면 일 층 편의점에서 사 오면 돼. 라면이 먹고 싶으면 거기서 물을 부어 가지고 올라오면 되는 거야. 음료수나 물도 마찬가지고. 내 방에 살고 싶으면 집에서 무엇을 해먹겠다는 생각은 하지 마.

세상에.

하여간 예의 바른 동거인이었던 비극의 제왕은 그 원칙만은 철저하게 지켰다. 나는 아직도 그때 방에서 자위를 하지 말라고 말하지 않았던 것을 후회하고 있다.

외근을 하고 일찍 퇴근한 날이었다. 현관문을 열자 하반신을 발가벗은 채 노트북 화면을 바라보고 있는 뒷모습이 보였다. 난감한 상황이었다. 그는 내가 들어온 것도 모르고 행위에 열중하고 있었다. 커다랗게 불어놓은 풍선에서 바람이 조금씩 빠지는 듯한 신음소리와 함께였다. 오른쪽 어깨가 빠르게 들썩이고 있었다. 혹시라도 내가 건드는 시점에서 사정이 이루어지면 어떻게 한담. 두 사람 모두에게 정신적 외상으로 남지 않을까. 그런 생각을 하니 도무지 주의를 끌 용기가 나지 않았다. 그의 등 너머로 언뜻 보이는 노트북 화면 안에서는 국적을 알 수 없는 여자가 한껏 입을 벌린 채 괴로운 표정을 짓고 있었다.

으흠.

용기를 내서 헛기침을 했지만 헤드셋 때문인지 반응은 돌아오지 않았다. 나는 그의 등을 바라보며 여러 가지 생각을 했다. 내가 없는 방에서 항상 자위를 해왔을까, 그러고 보니 나도 쟤가 들어오고 나서 하지 않았네, 쟤는 노트북 없이 어떻게 살까, 기철이나 민석의 방에서도 자위를 했을까, 그렇다면 그네들은 이 사실을 알고 있었을까, 도대체 기철은 어째서 그에게 헤드셋을 선물해 이런 사단을 만들까, 아니 근데 도대체 언제 끝나는 거야. 화를 낼까, 웃어버릴까 생각하는 찰나에 마침 사정이 이루어졌는지 그가 밭은 한숨을 뱉어냈다. 나는 몸을 굳힌 채로 그가 나를 발견해주기를 기다렸다. 비극의 제왕이 천천히 몸을 내 쪽으로 돌렸다. 입가에는 만족스러운 웃음이 걸려 있었다. 내가 어떤 표정이었는지는 모르겠지만, 나를 발견한 그의 얼굴에서 웃음기가 빠르게 증발했다.

까악.

새된 비명과 함께 그가 자리에서 일어났다. 그 바람에 머리에 씌어져 있던 헤드셋이 딸려가며 연결단자가 빠졌다.

아, 아, 이꾸우, 아, 아, 아, 아, 아아아아아아아아아이아앙.

여자는 일본인이었다. 신음의 홍수 속에서 나는 물끄러미 그의 꼬추를 바라보았다. 한껏 나온 뱃살 밑에 파묻혀 잔뜩 찌그러진 꼬추 끝에는 흐릿한 정액 한 방울이 위태롭게 매달려 있었다. 포경을 하지 않았기 때문일까. 누가 뭐래도 그건 성기도 아니고, 자지도 아니고, 좆도 아니었다. 말 그대로 꼬추였다. 세상에는 꼬추라고밖에 표현할 수 없는 생식기가 있다는 사실을 나는 그때 처음 알았다. 겨우 거기에서 눈을 떼고 비극의 제왕을 바라보았다. 그의 이마에도 땀이 맺혀 있었다.

죄송해요. 그날 나이트에 다녀온 후로 자꾸 여자 몸이 눈앞에 아른거려서.

그가 사과했다.

거참 큰일이네. 원래 처음 하면 다 그래. 일단 뭐 좀 입지 않으련?

그가 주섬주섬 자신의 팬티를 한 손으로 끌어올리며 다른 손으로는 동영상을 껐다. 동영상을 *끄*는 것보다는 휴지를 이용해 자신의 꼬추를 닦았으면 좋겠다는 생각이 들었다. 파란색 사각팬티의 일정 부분이 점점 짙은 남색으로 물들고 있었다.

꼬르륵.

그때 소리가 들려왔다. 때를 가리지 않고 찾아오는 생리적인 현상이었지만 그가 엄청나게 배고프다는 사실은 충분히 짐작할 수 있는 볼륨이었다.

배고프니?

나의 입에서는 겨우 그런 말만 나왔다. 타인의 자위와 배고픔을 동시에 마주했을 때 대처법은 어디에도 나와 있지 않았으니까. 이상하게 미안한 마음이 들었다.

점심 안 먹어서요.

왜.

이 동네는 밥값이 너무 비싸요. 컵라면으론 배도 안 부르고.

그럼 가끔 우리 회사에 들러. 삼천 원이야. 창문 열어. 환기 좀 시키자.

그 후로 비극의 제왕을 생각할 때면 항상 그의 꼬추가 떠올랐다. 물론 그의 얼굴을 봐도 마찬가지였다. 문제는 그가 매일같이 구내식당으로 밥을 먹으러 온다는 사실이었다. 경험해보지 않은 사람은 모르겠지만 밥을 먹으며 앞에 있는 사람의 생식기를 떠올리는 일은 상당한 인내심을 요구하는 일이다. 게다가 모두 정장에 넥타이 차림으로 조용히 식사를 하는 사내식당이었다. 땀을 뻘뻘 흘리며 육개장 따위를 그릇째 들고 마시는, 목이 늘어난 티셔츠를 입은 비극의 제왕은 존재만으로도 모두의 이목을 집중시키기에 충분했다. 직원들은 매일 함께 밥을 먹는 우리를 보며 수군거렸다. 누구냐는 동료들의 물음에 나는 일자리 때문에 집에 잠깐 살고 있는 사촌동생이라고 거짓말했다. 물론 포스트잇처럼 이런 말을 덧붙이는 것을 잊지 않았다.

아시다시피 요즘 취업난이 심각하잖아요.

결국 참지 못하고 나는 숟가락을 내려놓았다. 십칠 일째 되는 날이었다.

입맛이 없으세요? 아참 제 컴퓨터 말이에요. 그날 이후로 이상하게 엔터키가 잘 안 눌려요. 이상하죠. 이 연근조림 제가 먹어도 되요?

응, 먹어. 근데 있잖아.

네.

내가 회사에 식사를 하러 오라고 한 건 이렇게 매일 찾아오라는 뜻이 아니었어. 그냥 가끔 와서 먹고 가라는 거지. 오늘로 벌써 십칠 일째야. 회사 사람들이 의아하게 생각하고 있어. 만날 너희랑 술을 마셔서 미처 모를 수도 있겠지만 나는 어엿한 회사원이야. 프로페셔널한 샐러리맨이라고. 그런데 그런 공적인 공간에 네가 자꾸만 찾아와서 밥을 먹으면 회사 사람들이 어떻게 생각하겠어. 너도 알겠지만 회사란 곳이 남자와 남자가 십칠 일 동안이나 매일 붙어 앉아서 식사를 하면 온갖 소문들이 다 퍼지기 마련이거든.

차마 이게 다 네놈의 꼬추 때문이라고 말할 수는 없었다. 내 말을 들은 비극의 제왕은 얌전하게 젓가락을 내려놓았다.

본의 아니게 형한테 폐를 끼쳤네요. 죄송해요.

아냐, 이따 집에서 봐.

비극의 제왕이 식판을 들고 자리에서 일어났다. 그것이 내가 본 그의 마지막 모습이었다. 나는 머릿속에 자꾸만 떠오르는 생식기를 애써 무시하며 혼자 식사를 마쳤다. 오랜만에 직장동료들과 함께 커피를 마시며 담소도 나누었다. 그들은 마치 나의 귀환을 기다렸다는 듯 부쩍 친절하게 대해주었다. 드디어 나의 점심시간이 생식기로부터 해방된 것이다.

일이 터진 것은 퇴근시간이 가까워서였다. 팀장이 자신의 방으로 나를 호출했다. 생각해봐도 잘못 처리한 일이 없었기에 가벼운 마음으로 노크했다.

부르셨습니까.

이번에 회사에서 공문이 하나 내려왔어. 장기적인 불황 때문에 각 부서별로 인원을 줄였으면 한다는 내용이었네. 팀원들의 의견을 수렴중인데.

그렇다면 김승범씨가 좋지 않겠습니까.

김은 나보다 나이가 두 살이 많은, 갓 들어온 신입이었다. 군대를 가지 않아 남들보다 입사를 조금 빨리 했기에 나이가 많은 신입이 들어오는 것은 흔한 일이었다. 죄책감 따위는 들지 않았다. 일처리 능력은 형편없었고, 지각이 잦았으므로 김이 해고를 당하는 쪽이 이치에 맞았다.

그렇지. 순리대로라면 김승범 사원이지.

나는 잠자코 다음 말을 기다리며 팀장의 입술을 바라보았다.

그런데 말이야. 김승범씨가 홀몸이 아닌 것은 알고 있나. 결혼도 했고, 지금 와이프가 임신중이라네.

몰랐습니다. 하지만 그런 사사로운 정에 이끌려서는 일처리를 똑바로 할 수 없다고 생각합니다.

팀장은 대꾸도 없이 입술을 굳히고 뜸을 들이기 시작했다.

진우씨, 진우씨는 아직 어려. 어리다는 것은 앞으로도 기회가 많다는 뜻이지.

잠깐만요.

그때까지 말을 아끼던 팀장이 이번에는 나의 제지에도 아랑곳하지 않고 말을 쏟아내기 시작했다.

진우씨 정도의 일처리 능력이면 여기보다 충분히 더 좋은 회사에서, 더 좋은 조건으로 일을 할 수가 있네.

지금 저에게 사직을 권고하시는 겁니까.

팀장이 깍지 낀 손 위에 턱을 올려놓았다. 주둥이가 한 일자를 그리고 있었다.

직원들과는 저번 점심시간에 이미 회의를 마쳤네. 추천장이 필요하면 언제든지 찾아와. 미안하게 됐어. 그리고 말이야 회사 사람들이 진우씨 그런 차가운 성품을 별로 마음에 들어하지 않는다는 것은 아나. 회식도 요리조리 빠지고. 뭐 요즘 젊은 사람들 사이에서는 쿨하다고도 하고, 프로 같다고도 하는 것 같지만 우리 회사의 가족 같은 분위기하고는 조금 안 맞는 것이 사실이네. 당장 직장 후배의 와이프가 임신한 것도 모르지 않나.

이건 부당해고입니다. 노동부에 신고하겠습니다.

나도 경비를 부르겠네.

두고 보십쇼.

도대체 무엇을 두고 보자는 것인지 나조차도 알 수 없었다. 알 수 있는 것이라면 김과 팀장이 해병대 출신이라는 사실뿐이었다. 사무실로 돌아와 주섬주섬 짐을 챙겼다.

가족 같은 좋아하시네.

내가 중얼거렸지만 아무도 듣지 못했는지 반응이 없었다. 정말 가족 같았다. 온갖 잡동사니로 터질 것 같은 서류가방을 들고 사무실을 빠져나와 집으로 향했다. 가방 속에서 휴대폰이 울렸다. 짐을 챙기다가 같이 쓸려간 모양이었다. 지퍼를 여는 순간 안에 들어 있던 온갖 잡동사니들이 튀어나와 바닥에 흩어졌다.

망할.

기철의 전화였다.

여보세요.

진우냐.

응, 오랜만이네.

민석이 애인과 헤어진 후에 오랜만에 하는 통화였다. 어색했다.

잘 지냈냐. 몸은 괜찮고?

기철이 오랜만에 보는 친척 어른처럼 나의 안부를 물었다.
오 분 전에 회사에서 잘렸다는 소식을 전해야 할까 고민하다
가 관뒀다.

그냥 그렇지.

민석인?

질문하는 것을 보니 역시나 연락을 하지 않는 모양이었다.

글쎄, 나도 요즘 일이 바쁘다 보니 연락을 못 해봤네. 너
는.

담배를 피우는 듯 수화기 너머에서 긴 한숨소리가 새어 나
왔다.

나도 요즘 좀 복잡해서 못 해봤어. 장학금 못 받아서 휴학
했단 소리 있던데.

다시 침묵이 이어졌다. 딱히 할 말이 없었다. 나는 가방에
서 튀어나온 잡동사니들을 바라보며 말했다.

할 말 없으면 끊는다. 내가 지금 좀 바빠서.

잠깐 진우야.

할 말 있어?

기철은 한참동안 말이 없었다. 누군가 말을 하기 전에 뜸

을 들인다면 안 좋은 소식이 기다리고 있다는 사실을 불과 얼마 전에 깨달은 나는 조바심을 느꼈다.

나 결혼한다.

뭐?

그렇게 됐다.

누구랑.

그날 나이트에서 봤던 여자애가.

어쩌고 어째?

아니다. 일 봐라. 나중에 청첩장 보낼게. 회사로 보내면 되지? 일하느라 바쁘신데 미안.

바쁘신데 미안, 이라는 말과 함께 전화가 끊어졌다. 나는 휴대폰 액정화면을 바라보며 다시 전화를 걸까 생각하다가 그냥 놔두었다. 방으로 가서 비극의 제왕에게 이 소식을 전하면 뭐라고 말할까. 임신이라도 했나 보네요. 무심하게 대꾸하는 그의 모습이 저절로 떠올랐다. 답답함에 목을 죄고 있던 넥타이를 풀었지만 여전히 숨이 막혔다. 살이 쪘나. 생각해보면 모두 비극의 제왕 때문이었다. 내 방에서 자위만 하지 않았어도. 넥타이로 그의 목이라도 졸라야겠다고 생각하며 느릿하게 내 방 쪽으로 걸음을 옮겼다. 바쁠 일은 아무것도 없었다.

방에 돌아오니 항상 구석에 놓여 있던 배낭이 보이지 않았다. 노트북 역시 마찬가지였다. 어디에도 그가 다녀간 흔적은 남아 있지 않았다. 혹시나 하는 생각에 화장실 문을 열어젖혔다. 세면대에 붙은 거울 속에 금방이라도 울 것 같은 얼굴이 보였다. 나는 그 얼굴을 보며 조심스레 질문했다. 비극의 제왕은 어디 있는가.

이내 마음이 불편해졌다.

어제부터 사람들이

아무리 봐도 육만 원이 비었다. 육만 원이면 치킨이 네 마리였고, 할인마트 기준으로 라면을 구매하면 육십 번은 끓여먹을 수 있는 돈이었다. 물론 다섯 개들이 한 팩에 한 봉지를 껴주는 행사 상품을 사면 그 이상이었다. 모니터에 뜬 입금 내역을 다시 살펴보려는데 뒤에 서 있던 사람이 헛기침을 했다. 수현은 ATM에서 카드를 빼 다시 통장정리기 앞에 줄을 섰다. 어플로 확인할 수도 있었지만, 기왕이면 직접 확인하고 싶었다.

정리되어 나온 통장을 살펴보니 열흘 전에 대타로 일했던 곳에서 일당이 입금되어 있지 않았다. 전화를 걸었던 L식품의 매니저는 원래 하던 사람에게 사정이 생겨 하루만 대타가 필요하다고 말했다. 가끔 있는 일이었다. 따지고 보면 일을 해서 버는 돈이었음에도 꽁돈이라는 생각에 기분이 좋았다. 게다가 슬라이스 치즈였다. 가위로 적당히 잘라서 접시에 놓기만 하면 되는 치즈는 구워야 되는 햄이나, 계속해서 물을 끓이며 삶아야 하는 국수 따위보다 행사를 진행하기가 한결 수월했다. 열두 시부터 여덟 시까지 중간에 식사시간을 제외하고 꼬박 일곱 시간 동안 서서 치즈를 팔았다. 어린이 치즈 맛보고 가세요. 원 플러스 원 행사중입니다. 수현은 L식품의 담당자에게 전화를 걸었다. 항상 받기만 했지 먼저 전화를 거는 것은 처음이었다.

누구세요?

수화기 너머로 다짜고짜 경계하는 목소리가 튀어나왔다. 남자치고는 가는 목소리였다.

예 저 한수현인데요.

네?

반문이 돌아왔다. 이름을 기억 못 하는 눈치였다.

저번 주 금요일에 시식 행사 대타 뛰었던 한수현이요.

대타요?

J마트 사현점이요.

사현요?

네.

왜요?

담당자는 쟁쟁거리는 목소리로 계속 되물을 뿐이었다. 일을 주기 위해 전화를 할 때와는 사뭇 다른 차가운 태도에 수현은 눈살을 찌푸렸다.

돈이 안 들어와서요.

돈이요?

네, 일당. 육만 원.

육만 원요? 입금이 안 됐어요?

상대의 입으로부터 액수가 나오자 수현은 어딘지 모를 수치심을 느꼈다.

네.

이름이 뭐라고 했죠?

한수현이요.

하수연요?

한, 수, 현 이요. 현재할 때 현.

지금 외근중이라 오늘은 어렵고. 내일 사무실에 가는 대로 확인하고 전화할게요.

알겠다는 말을 미처 하기도 전에 전화가 끊겼다. 바쁜 모양이었다. 남자친구로부터 문자 메시지가 와 있었다. 수현은 한동안 자리에 선 채로 현금인출기에서 돈을 찾는 사람들을 지켜보았다.

이틀 동안 L식품의 마케팅부 담당자로부터 연락이 없었다. 아침에 학교 도서관에 갈 때부터 몇 시에 전화를 걸까 망설이던 수현은 열 시가 넘어서야 일단은 메시지를 보내야겠다고 결론을 내렸다. '이틀 전에 전화 드렸던 한수현인데요. 그 후로 연락이 없으셔서요.' 열두 시가 지나도록 답장은 오지 않았다. 식사를 한 후에 전화를 해보기로 하고 학교 식당에서 밥을 먹었다. 메뉴는 사천 원짜리 보리밥이었다. 들어간 것이라고는 조각조각 잘려진 상추와 도라지나물이 전부였지만, 혼자 사는 자취생은 야채를 꾸준히 섭취하는 것이 중요했다. 수현은 식당을 빠져나오며 다시 전화를 걸었다. 그사이 휴대폰의 발신이 끊겨 있었다. 새로운 달의 첫날이었다. 일당이 들어왔다면 통신비가 빠져나가고 만칠천 원 정도가 남았을 터였다.

씨발.

욕을 하고 나니 기분이 나빠졌다. 평소 욕을 아예 안 하는 스타일은 아니었지만 정말 진심을 담아서 한 것 같아 불쾌했다. 남자친구가 차를 운전할 때 모습이 생각났다. 그는 나른

해 보이는 평소와는 달리 운전을 할 때면 정색을 하고 욕을 하곤 했다. 그때마다 옆에 앉은 수현에게 사과를 했지만, 어쩌면 욕을 하는 그 모습이 진짜인지도 몰랐다. 통신사에 전화를 걸었다. 상담원과 연결중이라는 멘트를 몇 분이나 듣고 나서야 겨우 연결이 되었다.

사랑합니다. 고객님. 오늘도 좋은 하루 J텔레콤입니다.

갑자기 전화가 끊겨서요.

상담원이 낭창한 목소리로 수현의 휴대폰 번호를 읊었다.

본인 명의 핸드폰 맞으신가요?

네 맞아요.

잠시 자판을 두드리는 소리가 들려왔다.

실례지만 고객님께서는 요금이 체납되셔서 이번 달 일일 열두 시를 기점으로 발신이 정지되셨습니다.

제가 지금 급해서요.

그러시군요. 고객님.

오늘 하루만 좀 풀어주시면 안될까요.

그건 불가능하세요.

전에는 됐는데.

처음에는 저희가 예외규정을 적용해드려서 가능하셨지만, 두 번째부터는 소급규정이 적용되세요. 규정이 그러셔서 죄송합니다. 요금을 정상적으로 납부해주시면 빠른 시일 내에 발신기능을 풀어드리도록 하겠습니다.

전화를 못 하면 돈을 못 낸다고요.

고객님들 한 분 한 분의 사정을 모두 봐드리실 수는 없어요.

상담원의 이상한 존대법이 마치 조롱하는 것처럼 들렸다.

그런 법이 어딨어요.

규정은 규정이세요. 고객님. 도움 드리지 못해서 죄송합니다. 오늘도 힘차고 즐거운 하루 되세요. 지금까지 J텔레콤 상담원 하선우였습니다.

무기력하게 전화를 끊었다. 돈을 받으려면 전화를 걸어야 하는데, 전화를 걸려면 요금을 내야 했고, 요금을 낼 돈은 전화를 걸어야만 받을 수 있었다. 당장 해결될 수 있는 문제가 없다는 사실이 씁쓸했다. 너무 어설퍼서 누가 걸릴까 싶은 함정에 스스로 걸린 기분이었다.

도서관 열람실로 돌아온 수현은 자신의 자리에 누군가 앉아 있는 것을 발견했다. 체크무늬 셔츠를 입은 남학생이었다. 앞에 놓인 노트북 화면 안에서는 경제학 강의가 한창이었다. 행정고시를 준비하는 모양이었다. 의자 위에 올려두었던 수현의 가방은 바닥에 내려져 있었고, 책들은 책상 한구석에 쌓여 있었다. 수현은 그의 어깨를 건드렸다. 뒤를 돌아본 남학생이 고개를 갸웃했다. 스페이스바를 눌러 동영상을 멈춘 그가 왼쪽 귀에서 이어폰을 떼어냈다.

제 자리예요.

수현이 속삭이듯 말했다. 남학생이 고개를 내저었다.

아닌데요.

맞아요.

남학생이 내민 좌석 배정표에 적힌 좌석번호는 수현의 자리가 맞았다. 주머니에서 휴대폰을 꺼내 시간을 확인했다. 자리 맡기를 방지하기 위해 비운 지 한 시간이 지나면 저절로 착석기록이 말소되는 탓이었다. 남학생은 그 몇 분 사이를 비집고 들어와 자리를 차지한 듯했다.

식사하느라 그런 거예요.

그쪽 잘못이죠. 맛있는 거라도 드셨나 봐요.

누군가 책상을 두어 번 두드리는 소리가 들렸다. 열람실 안에서는 좀 조용히 하라는 신호였다. 남학생이 다시 귀에 이어폰을 꽂고 노트북 속 강의를 진행시켰다. 자리를 비킬 마음이 없다는 의지가 느껴지는 동작이었다. 규정은 규정이시라는 상담원의 말이 떠올랐다. 따지고 보면 자신의 잘못이 맞았다. 수현은 짐을 챙겨 밖으로 나왔다. 오후 시간대에는 좀처럼 빈

자리가 나지 않았다. 슬슬 오기가 났다. 어떤 식으로든 결판을 내야 공부를 계속할 수 있겠다는 생각이 들었다. 휴대폰을 꺼내 와이파이에 연결하고 L식품 본사의 위치를 검색했다. 본사는 학교와 정반대편인 도시의 동쪽 끝에 있었다. 시 경계선 안쪽에 아슬아슬하게 걸친, 왕복 네 시간이 걸리는 거리였다.

본사 건물의 로비에 들어섰지만 안쪽으로 진입할 수는 없었다. 지하철의 개찰구처럼 생긴 출입자 관리시스템이 외부인의 출입을 막고 있기 때문이었다. 학생증을 대면 문이 열리는 학교의 도서관과 같은 구조였다. 수현은 안내데스크로 향했다. 수현이 다가가자 데스크의 여직원이 눈웃음을 지으며 자리에서 일어섰다. 사람을 대하는 직업을 가진 사람 특유의 비릿한 미소였다.

L식품 마케팅부에 일이 있어서 왔는데요.

미리 약속은 하셨나요?

아뇨. 아마 말하면 아실 거예요.

찾으시는 분 성함이 어떻게 되십니까?

수현은 멈칫했다. 이제까지 담당자의 이름을 들은 적이 없다는 사실에 생각이 미쳤다. 애초에 이메일을 통해 이력서를 보낸 후에 담당자 쪽에서 연락이 왔고, 마트에서 실습 교육을 받을 때도 마주친 적이 없었다. 그 후로는 매번 일방적으로 전화를 해서 일거리를 줄 뿐이었다. 휴대폰에도 역시 '담당자'라는 이름으로 저장이 되어 있을 뿐이었다.

저, 이름은 잘 모르겠고 아마 대리님인데요. 제 이름은 한수현이고, 전화가 없어서 직접 찾아왔다고 하면 아실 거예요.

민원 관련 사항이라면 상담전화가 따로 있습니다.

민원이 아니에요.

죄송하지만 용무가 확인되지 않으면 전달을 해드릴 수가 없습니다. 업무에 방해가 될 수 있거든요.

업무 때문에 왔어요.

이름을 모르는 분과 업무 때문에 왔다는 말씀이십니까.

머릿속이 뜨거워졌다.

무슨 말을 그렇게 하세요?

목소리가 저절로 커졌다. 안내원이 당황한 듯 고개를 돌려 로비 한쪽을 바라보았다. 학교 도서관을 지키는 늙은 경비원들과는 다른, 건장한 체격의 보안요원이 두 사람을 향해 다가왔다.

무슨 일입니까.

아니, 이분이 약속도 없이 방문을 하셨는데, 찾으시려는 분 이름도 모른다고 해서요.

보안요원이 수현을 향해 고개를 돌렸다. 눈이 마주친 수현은 반사적으로 고개를 숙였다. 바닥을 디디고 서 있는 남자구두가 눈에 들어왔다. 깨끗하게 닦여 있어 얼굴이 비출 지경이었다.

그러니까요.

수현은 얼굴이 벌게진 채 고개를 숙이고 자신의 사정을 구구절절 주워 삼켰다. 돈을 내지 못해 휴대폰이 끊겼다는 얘기를 빼놓으니 어딘가 엉성한 사연이 되었다. 보안요원은 가끔 음음, 거리는 소리를 내며 그녀의 말을 들었다.

메모를 남겨주시면 전해드리도록 하죠.

한수현이 왔었다고 전해주시면 돼요.

알겠습니다.

연이 아니라 현이었다. 현재의 현. 혹시나 하는 마음에 가방에 있던 강의 노트 한 귀퉁이를 찢어 자신의 이름과 전화번호를 적은 후 보안요원에게 내밀었다. 그가 종이에 적힌 이름과 수현의 얼굴을 번갈아 바라보았다.

지하철이 학교 근처에 거의 도착할 무렵 모르는 번호로 전화가 걸려왔다. 반신반의하며 통화 버튼을 눌렀다. 이름을 모르는, 가는 목소리의 담당자였다.

도대체 생각이 있는 사람입니까? 회사까지 찾아오면 어떻게 합니까.

담당자로부터 힐난이 터져 나왔다.

전화가 끊겨서요.

그래도 그렇지. 대학생씩이나 된 사람이 그렇게 상식이 없습니까.

티머니는 있었거든요.

지하철 출입문에 비치는 자신의 얼굴을 바라보며 수현이 대답했다. 사과하고 싶은 기분은 들지 않았다. 사과는 잘못했을 때 하는 것이다.

돈은요?

질문을 하자 한숨을 쉬는 소리가 들려왔다.

아마도 김미희씨 통장에 한꺼번에 입금된 모양입니다.

그게 누군데요.

한수현씨가 대신 일해준 사람 말입니다. 입금을 취소하려고 했는데 안 됐습니다.

왜요?

거기까진 저도 알 수 없죠.

그 이유에 대해 알고 있었다. 빠져나갈 잔고가 없기 때문이었다. 지하철이 사현역에 도착했다.

전화를 했는데 근무중이라 받지 않더군요. 제일 좋은 방법은 직접 가서 받는 건데.

담당자가 말끝을 흐렸다.

어딘데요?

가시려고요? 마침 수현씨 주거지에서 가깝습니다. S마트 사현점이죠.

비겁하게 말하는 인간이었다.

갈게요.

뭐, 그 편이 행정적으로도 일 처리하기가 가장 깔끔하겠죠. 없던 일이 되니까요.

없던 일이라는 말에 힘이 실려 있었다.

치즌가요?

햄입니다. 아이사랑 건강햄.

알겠어요.

다음부턴 이런 일 없도록 해주세요. 하여간 요즘 젊은 사람들은 정말 모르겠단 말입니다.

이쪽에서 하고 싶은 말이었다. 통화종료 버튼을 누르고 전화번호를 저장했다. 마침 S마트는 역에서 걸어갈 수 있을 정도의 거리였다. 오늘 처음으로 오는 행운이었다.

시식 행사는 냉장코너와 정육코너 사이에서 이뤄지고 있었다. 수현이 대타를 뛰었던 김미희는 사십 대 초반 정도로 보이는 여자였다. 그녀는 S마트의 규정에 맞는 검정색 신발과

주황색 앞치마 그리고 머릿수건을 쓰고는 지나가는 사람들에게 이쑤시개에 꽂은 햄조각을 내밀고 있었다. 퇴근 시간인 여덟 시까지는 한 시간이 조금 넘게 남아 있었다. S마트의 매니저는 사담을 나누는 것에 대해 유난히 깐깐하게 구는 사람이었다. 수현은 어떻게 할까 망설이다가 가까이 다가갔다.

아이사랑 건강햄 맛보고 가세요. 원 플러스 원 행사중입니다. 방부제와 첨가제가 들어가지 않아 더 건강합니다.

손님들은 그녀가 건네는 햄을 받아먹기만 할 뿐 좀처럼 발길을 멈추지는 않았다. L식품의 제품 중에서도 비싼 프리미엄 라인이라 학생들이 많은 동네에서는 잘 팔리지 않을 상품이었다. 자기 장사가 아님에도 상품이 팔리지 않으면 언제나 신경이 쓰였다. 김미희가 다가온 수현을 향해 이쑤시개를 내밀었다. 햄은 맛이 좋았다.

맛있네요.

작은 관심만으로도 김미희의 얼굴에 화색이 돌았다.

맛도 좋고, 건강도 챙기고. 하나는 덤이니까 하나만 사가세요.

아이가 없어서요.

아이는커녕 제 몸 하나 건사하기도 힘들었다.

어른한테도 좋아요. 그러지 말고 제가 이쪽에 소시지도 하나 얹어 줄게 들여가세요. 원래 이러면 안 되는데, 아가씨 인상이 좋으셔서 드리는 거야.

소시지는 두 개 이상 구매를 하거나, 혹은 구매를 망설이는 사람들에게 껴주는 미끼상품이었다. 사정을 모두 알고 있음에도 제안은 매력적으로 들렸다.

주세요.

감사합니다.

그녀가 반투명한 비닐봉지에 햄 두 개와 소시지 하나를 넣었다. 역시나 회사의 권고사항이었다. 제품을 먼저 구매했던 다른 손님이 미끼상품을 보고 돌아와 항의할지도 모르기 때문이었다.

앞으로도 많은 이용 부탁드립니다.

수현은 등을 돌렸다. 김미희에게 왜 그렇게 열심히 사느냐고 물으면 어떤 표정을 지을까 궁금했다. 받아들었던 봉지를 칼과 식기 따위가 진열된 생활용품 코너에 놔두고는 마트를 빠져나왔다. 아무것도 사지 않고 입구의 도난방지기를 빠져나가는 수현을 마트의 보안요원이 고개까지 돌리며 바라보았다. 불쌍하게 보는 것 같지는 않아 다행이라고 생각했다. 불쌍하게 보이느니 의심스러운 사람이 되는 편이 차라리 나았다.

직원용 출입구는 고객용과는 다르게 건물의 뒤편 좁은 골목 방향에 있었다. 엄밀하게 말하면 마트의 직원은 아니었지만, 외부판매원들 역시 직원용 출입구를 이용해야 했다. 혹시 모를 도난사고를 방지하기 위한 가방수색 때문이었다. 손님이 뜸해지기 시작하는 아홉 시가 되자 판매원들이 하나둘 조그마한 철제문을 열고 나왔다. 김미희는 거의 십 분이 지나고 나서야 밖으로 나왔다. 그리 춥지 않은 날씨였지만 목도리 안에 고개를 파묻고 있어, 마트 안에서 봤을 때보다 작아 보이는 모습이었다.

김미희씨죠.

이름을 부르자 목도리 위로 드러난 김미희의 눈이 가늘게 잦아들었다.

지지난 주 토요일에 대신 일했던 사람인데요. J마트 치즈요.

눈을 깜빡거릴 뿐 별다른 반응은 돌아오지 않았다. 혹시 사람을 착각했나 생각이 들 때가 되어서야 그녀가 입을 열었다.

그런데요?

제가 받을 돈이 언니 통장으로 잘못 입금된 것 같아요.

언니라는 말이 쉽게 나왔다. 김미희가 대답도 없이 옆을 지나쳐갔다. 수현은 뒤로 다가가 어깨를 잡았다. 그녀가 몸을 신경질적으로 돌리며 수현을 바라보았다.

그런 적 없어요.

회사에서 그랬어요.

뭔가 착오가 있었겠죠.

착오가 있는 건 그쪽 아녜요?

따라와요.

한참을 말없이 바라보던 김미희가 그렇게 말하고는 등을
돌려 빠른 속도로 걷기 시작했다. 안 그래도 그럴 작정이었다.

그녀를 따라 들어간 곳은 은행의 자동화 창구였다. 업무는
마쳤지만 현금인출기는 여전히 작동중이었다. 구석에 설치된
감시카메라가 붉은빛을 깜빡이며 두 사람을 내려다보고 있었
다. 김미희가 인출기 안으로 카드를 밀어 넣은 후에 거래내역
조회 버튼을 눌렀다. L식품 명의로 입금된 돈은 삼십만 원이
었다. L식품의 시식행사 아르바이트는 육 일 단위로 이루어졌
고, 수현이 일한 몫까지 입금이 되었다면 삼십육만 원이 입금
되었어야 했다.

아이가 있어요.

김미희가 입을 열었다. 저절로 오른쪽 구석에 표시된 잔고
에 눈이 갔다. 수현과 같은 액수였다. 아랫입술을 깨물었다.
그녀가 기기 밖으로 튀어나온 카드를 챙겼다.

그렇게 비겁하게 살지 않았다는 말이에요.

목소리가 변해 있었다. 수현은 먼저 문을 열고 밖으로 나

서는 그녀의 등을 바라보았다. 내가 그렇게 잘못했느냐고 물어볼 사람이 필요했다.

초인종을 누르고 잠시 기다리자 남자친구가 문을 열었다.

들어와.

그가 문 옆으로 서며 들어올 공간을 마련해주었다. 신발을 벗고 방 안으로 들어섰다. 원룸 구석에 놓인 싱글침대에 엎드려 누워 얼굴을 묻었다. 따뜻한 온기가 얼굴에 닿자 배가 고팠다.

섹스는 삼십 초를 넘기지 못하고 끝났다.

미안.

남자친구가 위에서부터 수현을 끌어안은 채로 귓가에 속삭였다.

미안?

꼭 시체랑 하는 것 같아서.

딱히 그런 뜻으로 반문한 것은 아니었는데 그는 변명을 주워 삼켰다. 이상한 말이었다.

그래?

오늘 나 컨디션이 좀 안 좋나 봐.

그가 그만 입을 다물었으면 좋겠다는 생각이 들었다.

일어나자마자 수현은 남자친구의 휴대폰으로 전화를 걸었다. 누구냐고 묻는 예의 그 경계하는 목소리가 튀어나왔다. 이름을 밝히자 다시 긴 한숨이 이어졌다.

무슨 일입니까. 아침부터.

돈이 없대요.

무슨 말입니까.

김미희씨한테는 입금이 되지 않았다고요.

그럴 리가 없는데.

확인했어요. 제가 그 사람 통장까지 다 확인했다고요.

어젯밤 은행에서의 일이 너무 옛날처럼 느껴졌다. 침대에 누워 있던 남자친구가 주섬주섬 몸을 일으켰다.

알겠습니다. 출근하면 체크해서 연락드리죠.

정말요?

속고만 사셨어요?

전엔 안 하셨잖아요.

일처리를 하다 보면 밀릴 수도 있는 거 아닙니까. 내가 그렇게 한가한 사람도 아니고.

열 시 전까지 안 하면 다시 찾아갈 거예요.

한수현씨 되게 무서운 사람이네.

상대 쪽에서 일방적으로 전화를 끊었다. 듣기에 따라서 기분이 나쁠 만한 말이었지만, 아무렇지도 않았다. 어쩐지 점점 무감각해져가고 있었다.

무슨 일이야. 돈 빌려줘?

침대 위에 앉아 있던 남자친구가 물었다. 수현은 고개를 돌렸다. 그가 자신은 아무것도 모른다는 듯 눈을 깜박였다.

넌 군대나 가.

그가 이불 속을 뒤져 팬티를 찾아 입었다. 수현은 욕실로 향했다. 뜨거운 물로 샤워를 하고 싶었다. 특별히 못되게 굴려는 생각으로 한 말은 아니었다. 태평한 그의 모습에 조금 화가 났을 뿐이었다. 입맛이 썼다.

샤워를 마치고 나오자 남자친구가 바닥에 앉아 수현의 휴대폰을 바라보고 있었다.

뭐 해?

너 폰 끊겼어?

힐난하려는 뜻으로 물었는데, 그가 되물었다. 진심으로 걱정하는 듯한 어조를 듣고 있으니 어쩐지 힘이 빠졌다.

발신만.

그가 지그시 수현을 바라보았다. 마트의 보안요원과는 다른 눈빛이었다. 무슨 생각을 하는지 알고 싶지 않았다. 입을 다물고 최대한 자연스럽게 속옷을 챙겨 입었다.

전화 왔더라. 내 폰으로.

뭐라는데.

돈이 잘못 입금됐대.

도민아.

오랜만에 불러보는 이름이었다.

왜?

뭐가 이렇게 복잡하니.

너만 할까.

그가 뚱한 표정으로 고개를 돌렸다. 단단히 삐졌다는 표시
였다. 막바지에 이르렀다는 예감이 들었다.

여자의 이름은 한서진이었다. 담당자는 그녀가 U마트에서
냉동볶음밥을 팔고 있다며 연락처를 가르쳐줬다. 볶음밥은 팬
에 기름을 두르고 조리해서 조그마한 종이컵에 일일이 옮겨
야 했다. 기름을 쓰는 음식은 최악이었다. 특히 냉동고 앞에
서 음식을 볶으면 기화하던 기름이 식으며 피부며 옷에 달라
붙어 역겨운 냄새가 몸에 배었다. 담당자는 가나다순으로 표
시된 행사요원 명단에서 사소한 착오가 생겼다고 말했다. 흔
하진 않지만 가끔 있는 일이라고 했다. 미안하다는 사과 따위
는 없었다.

수현은 남자친구의 휴대폰으로 전화를 걸었다. 한서진은

전화를 받지 않았다. 돈이 잘못 입금된 것 같다고 메시지를 보내자 바로 전화가 걸려왔다.

그런 적 없는데요.

앳된 하이톤의 목소리였다. 또래인 듯싶었다. 아이가 있어요. 어제와 같은 일은 없겠다는 생각에 안도감이 들었다.

이미 회사에서 확인한 사항이에요. 담당자한테 입금내역도 받았고요.

거짓말이었다. 담당자는 찾아가보라는 말도 없이 전화를 끊었을 뿐이었다. 아마도 다음부터 수현에게 일을 주는 경우는 없을 것이다. 그렇다면 더 강하게 나가야 했다. 어차피 방학 때만 할 수 있는 일이었고, 행사를 하는 식품회사는 얼마든지 있었다.

저번 달 통장 입금내역 좀 찍어서 보내주실래요?

제가 왜요?

혹시 착오가 있을 수도 있잖아요. 그래야 제가 회사에 따지죠.

그쪽이 누구인 줄 알고 내가 그래요.

한서진씨 맞으시잖아요.

내가 누구냐고 물은 게 아닌데요. 번호는 어떻게 알았어요? 너 뭐예요.

뭐냐고 묻고 싶은 사람은 수현 쪽이었다. 컴퓨터 앞에 앉아 있던 남자친구와 눈이 마주쳤다. 나가서 통화를 했어야 했다는 데 생각이 미쳤다. 그대로 통화종료 버튼을 눌렀다. 휴대폰 배경화면에 수현의 사진이 있었다. 연애를 시작할 무렵 찍은 사진이었다. 의자에 앉은 채로 내려다보고 있는 남자친구의 시선이 느껴졌다.

그만 쳐다봐.

휴대폰에서 눈을 떼지 않은 채로 말했다. 누구에게 하는 말인지 알 수 없었다. 어쩌면 모두에게 하는 말이었다. 비참함을 느낄 때 으레 그렇듯 자신이 숨을 쉬고 있다는 사실이 인식되었다. 들숨, 날숨, 들숨, 날숨.

현관 앞에 쭈그려 앉아 신발을 신었다. 버스로 세 정거장 정도 거리의 U마트는 계산을 할 때 회원카드를 보여야만 하는 창고형 프리미엄 마켓이었다. 그 때문인지 규정도 깐깐해서 마트에서 제공하는 검정색 앞치마와 머릿수건은 기본이고, 안에는 꼭 하얀색 셔츠를 입어야 했다. 가끔 너무 나이가 많은 시식요원들은 마트 측에서 돌려보내는 경우도 있었다.

같이 갈까.

뒤에 서 있던 남자친구가 물었다.

네가 왜.

왜긴.

신발을 마저 신고 자리에서 일어나 문고리에 손을 올렸다.

내가 뭘 그렇게 잘못했어?

등 뒤에서 그의 목소리가 들려왔다. 그런 게 아니었지만,
뭐라고 말을 할 수도 없었다. 수현은 대답하지 않고 밖으로
나왔다. 간밤에 몰려온 황사 때문에 하늘이 누렜다. 계절이
바뀌고 있었다. 이제 봄은 그런 식으로만 모습을 드러냈다.
차라리 길을 잃고 여기저기 산책하듯 돌아다녔으면 좋겠다는
생각이 들었다. 쉽지 않은 일이었다.

프라이팬에 볶음밥을 조리하고 있는 한서진의 모습이 보
였다. 상상했던 것보다 통통하고 키가 작은, 야무지게 생긴
여자애였다. 나이는 수현과 동갑이거나 조금 많을 성싶었다.
그녀의 등 뒤에 오픈 진열된 냉동고가 있었다. 저럴 경우엔
등에서는 서늘한 냉기가 느껴졌고, 앞에서는 기름이 타오르며
열기가 뿜어져 나와 지독한 감기에 걸리곤 했다. 한서진은 무
표정한 얼굴로 멘트도 없이 지나가는 사람들을 향해 음식이
담긴 컵을 내밀고 있었다. 피곤하기보다는 도도해 보이는 모
습이었다. 웃지 않는 얼굴을 보니, 저렇게만 하면 이 일도 할
만하겠다는 생각이 들었다.

맛있네요.

한 개에 삼천구백 원, 두 개에 칠천 원이요.

한서진은 제품에 대한 가타부타 설명도 없이 어눌한 발음으로 가격만 말했다. 가까이에서 보니 머릿수건 안쪽 머리칼은 핑크색이었고, 혀에 피어싱도 있었다. 마트의 로고가 커다랗게 찍힌 앞치마와는 상당히 어울리지 않는 조합이었다.

아침에 전화했던 사람인데요.

살 거예요?

그게 아니고 아까 전화한 사람이라고요.

그제야 그녀가 고개를 들어 수현을 바라보았다. 파란색 서클렌즈를 껴 손을 대면 쨍하고 깨져버릴 것 같은 눈동자였다.

안 살 거면 꺼져. 내가 우스워?

그녀가 수현의 귓가에 속삭이듯 말했다. 어제부터 사람들은 왜 자꾸 이쪽에서 하고 싶은 말을 먼저 하는 걸까. 혼란스러웠다. 괜한 소란을 피우고 싶지는 않았다.

판매원들의 식사시간은 다섯 시부터였다. 수현은 직원용 출입구 옆 벽에 기댄 채 그녀가 나오기를 기다렸다. 전화가 울렸다. 발신자 표시에 '담당자'라는 글자가 떠 있었다. 일을 의뢰할 때 걸려오는 번호였다.

한수현씨 맞으시죠?

대답을 하기 귀찮아 잠자코 들었다.

내일부터 일할 수 있으세요? U마트.

볶음밥이요?

그건 어떻게 아셨어요. 갑자기 미안한데 그쪽에서 다른 행사원으로 교체해달라고 해서.

왜요?

그건 내가 아나. 뭐 알겠지만 거기가 좀 깐깐하잖아. 마침 사현 쪽에 젊은 알바가 수현씨밖에 없기도 하고. 시간 괜찮죠? 오늘 하루 빼고 오 일인데 육 일로 쳐줄게요. 그쪽은 식당이 없어서 식대도 따로 챙겨주는 거 아시죠?

알겠어요.

수현은 망설임 없이 대답했다. 거절을 한다고 해서 한서진이 그 일을 계속할 수 있을 것 같지도 않았다.

수고 좀 해줘요. 하얀 와이셔츠. 알죠? 그쪽 분위기 안 좋은 것 같으니 잘 좀 해줘요.

전화가 끊겼다. 아침에 통화를 했던 담당자와는 다른 사람인가 싶을 정도로 살가운 태도였다. 어쩌면 기억을 못 하는 것일 수도 있었다. 내가 우습냐고 묻던 한서진의 얼굴이 떠올랐다. 아무래도 좋았다. 내일부터 한서진의 자리는 한수현이 대신했다. 휴대폰을 주머니에 넣었다. 왜 나만 불행한 것이 아닐까, 나 혼자만 불행하다면 모두가 도와줄 텐데. 그런 엉뚱한 생각을 하며 수현은 직원용 출입구를 바라보았다.

꽃을 보면 멈추자

애인에게서 전화가 걸려왔다. 새로운 나를 찾겠다는 둥, 자신에게는 힐링이 필요하다는 둥 엉뚱한 소릴 하고는 갑작스레 인도로 떠난 지 한 달 만이었다. 나로 말할 것 같으면 지금 발을 붙인 곳에서 벗어나 싸구려 감상에 기대는 일이 얼마나 의미가 있는가에 대해 회의적인 입장이다.

못 말리게 소고기가 먹고 싶어.

전화를 걸어온 애인의 말이었다. 그래서 우리는 매운 갈비찜을 먹기로 했다. 네가 그러면 그렇지. 속으로는 비웃었지만 만나서 놀려주는 편이 더 재밌겠다는 생각에 나는 얼른 보고 싶다고만 말했다. 물론 보고 싶다는 말은 사실이기도 했다.

오랜만에 얼굴을 볼 생각에 살짝 들뜨기도 했다. 우리는 자주 가던 카페에서 만나기로 했다.

이전까지 인도에 다녀온 사람을 본 적은 없지만, 그냥 보통의 여행이었다고 해도 애인은 너무 변화가 없는 모습이었다. 떠나기 전 즐겨 입던 검은색 스키니진과 아무렇게나 걸친 느낌을 주는 무늬가 없는 단색 반팔 티셔츠도 그대로였다. 유일하게 달라진 점이 있다면 왼손 팔목에 색색의 실로 짠, 땀에 젖으면 분명 냄새가 날 것 같은 팔찌를 감고 있다는 점뿐이었다.

그대로네.

나의 말에 애인이 코웃음을 쳤다.

그럼 내가 사리라도 입을 줄 알았니? 햇빛 너무 쬐서 기미 생겼어.

애인은 인도에서 깨달음 대신 기미를 얻어온 모양이었다. 티가 많이 나냐는 질문에 나는 고개를 저어줌으로써 연인의 도리를 지켰다. 아이스 아메리카노를 한 모금 마신 애인이 아저씨처럼 캬아- 하고 소리를 냈다. 누가 보면 소주라도 들이켰다고 착각할 모습이었다.

그래, 이 맛이지.

나도 모르게 실소가 터졌다.

그래서 어디 있어.

자신의 앞에 놓인 잔을 빨대로 휘젓던 애인이 고개를 들어 나를 쳐다보았다. 순진하게 뜨고 있는 동그란 눈을 보자 놀리고 싶은 마음이 한층 더 강해졌다.

깨달음인가 뭔가 얻으러 간다며. 주머니에 넣어놨나.

부러 과장된 몸짓으로 고개를 두리번거렸다. 애인이 입술 끝을 들어 올리며 특유의 쓴웃음을 지었다.

아유. 너 이 새끼 그동안 나 놀리고 싶어서 어떻게 참았냐.

애인이 그런 식으로 말할 때가 좋았다. 묘하게 퇴폐적인 느낌이랄까.

그러게 말이다.

정말?

전에 없이 진지한 눈으로 애인이 되물었다. 예상치 못한 반응이었다. 장난을 한 번 더 칠까 하다가 너는 언제나 적당히를 모른다며 싸우곤 했던 일이 기억나 그저 고개를 끄덕였다. 애인이 테이블 위로 손을 뻗어 내 손을 맞잡았다. 손이 차가웠다. 얼음이 든 컵을 쥐고 있어서 그런 듯했다. 그런데도 이상하게 두근거렸다. 이 년을 사귀었는데도 처음 만난 사람처럼 긴장이 됐다. 하도 오랜만에 보니까 교감신경계가 혼란을 일으킨 모양이었다.

너한테 소개시켜줄 사람이 있어.

애인의 얼굴에서 빠르게 표정이 지워졌다. 불안했다.

너 뭐야.

나는 목소리를 높였다. 오랫동안 해외여행을 다녀온 연인이 진지한 얼굴로 누군가를 소개해주겠다는 말을 하면 누구라도 불안한 것이다. 어쩌면 한국 드라마의 영향일 수도 있었다.

그런 거 아냐.

그런 게 뭔데.

자기야.

자기야 하지 마. 너 꼭 이상한 소리 할 때만 자기야라고 하더라. 왜. 인도에서 깨달음을 찾아온다더니 대신 다른 놈이라도 찾아왔어?

뭐?

너 그거 의미 없어. 여행지에서 만난 신비로운 인연 같은 거, 다시 돌아와서 보면 하나도 안 신비롭고 구질구질해. 그거 다 배경빨이라고. 알아?

애인이 잡고 있던 손을 풀고 박수까지 쳐가며 웃기 시작했다.

배경빨이래. 아 개웃겨. 미친놈.

예기치 못한 반응에 나는 입을 다물었다. 흥분해서 소리치는 나와 빵 터져서 웃고 있는 애인 중에 누가 미친 것일까. 쉽게 결론을 내리기 힘든 문제였다.

으이구. 이 새끼.

애인이 내 양쪽 볼을 붙잡고 귀엽다는 듯 앞뒤로 흔들었다. 바로 그때 누군가 다가와 애인의 옆에 앉았다.

인사해.

나는 멍하니 그 사람 아니, 그것을 바라보았다. 한가롭게 인사를 나눌 정신이 아니었다. 만약에 인사를 한다면 뭐라고 해야 할까. 처음 뵙겠습니다? 나는 그것과 애인을 번갈아 바라보았다. 도대체 저걸 뭐라고 불러야 할까.

안녕. 생각보다 못생겼네.

그것이 먼저 나를 향해 산뜻하게 손을 흔들며 인사와 시비를 동시에 걸어왔다. 나는 애인을 바라보았다. 가장 상식적인 질문이 머릿속에 떠올랐다.

너 쌍둥이였니.

내가 또 다른 나를 찾으러 간다고 말했잖아.

애인이 답답하다는 듯 고개를 내젓고는 말했다. 나는 말없이 손가락으로 애인과 그것을 번갈아 가리켰다. 그것이 고개를 끄덕이고, 애인이 따라서 끄덕였다.

몰래카메라가 아니고.

쌍둥이처럼 닮은 두 사람은 이번에도 동시에 끄덕였다. 나는 웃었다. 하하. 필요 이상의 정보에 노출되니 그냥 웃겼다. 도대체 뭐람.

웃겨?

그럼 울까.

그건 좀 싫다.

그것이 말했다. 물론 나도 울 생각 따위는 없었다. 나로 말할 것 같으면 외로워도 슬퍼도 울지 않는 사람이었다. 다시 그것을 바라보았다. 그건 애인처럼 생긴 얼굴로 애인처럼 말하고 있었다. 같은 옷을 입었다면 정말 못 알아볼 정도였다. 세상은 요지경이 맞구나.

뭘 그렇게 놀라고 그래. 촌스럽게.

아니 이건.

말했잖아.

그게 그 말이었어?

그게 그 말이지 그럼 다른 말이니.

모르겠다. 이히힝.

나는 맥없이 그런 말을 중얼거렸다. 메이저리그의 전설

적인 투수 매덕스(355승 227패, 3.16 ERA, 5008.1이닝, 3371K, 198완투, 35완봉)는 어느 날 더그아웃에서 경기를 지켜보던 와중에 일루 베이스 코치 때문에 앰뷸런스를 부를 일이 있을 수도 있겠다는 말을 했다. 동료들은 이 인간이 공을 너무 던지다가 미친 것이 아닐까 의아해했지만 잠시 후 타자의 타구는 정말로 일루에 있던 베이스 코치의 가슴팍을 향해 날아갔고, 앰뷸런스를 불렀다. 얼핏 이는 그저 신비로운 예언처럼 보이지만 매덕스가 평소보다 다리를 넓게 벌리고 공을 잡아당겨서 치는 타자의 타격자세를 보고 분석한 결과였다. '뇌'라고 부르는 두 귀 사이에 있는 기관을 통해서 말이다.* 누가 뭐라고 해도 세계는 그래야만 한다고 나는 믿는다. 이건 말이 안 된다. 지금 나의 머릿속에서는 두 명의 애인이 난입해 경기를 망치고 있었다.

기분이 어때.

애인이 물었다. 내가 하고 싶은 질문이었다.

너라면 어떨 것 같은데.

내가 물었잖아.

한겨울에 눈 나리는 운동장 한가운데서 아이스크림을 먹

---

* "투수를 위대하게 만드는 것은 팔이 아니라 '뇌'라고 부르는 두 귀 사이에 있는 것이다." -그렉 매덕스

고 있는 기분이야.

뭐래.

애인과 그것은 뭔 소린지 모르겠다는 듯 미간을 찌푸린 채 입술을 비죽이 내밀었다. 내 표정 역시 다를 바 없을 성싶었다. 애인과 꼭 닮은 그것이 다시 입을 열었다.

머리 아파하지 마. 그냥 네가 좋아하는 사람이 하나 더 생겼다고 생각하면 편하잖아.

그게 뭐야.

그럼 헤어져?

이번에는 애인의 말이었다. 어느새 손에 들린 아이스크림이 두 개로 늘어나 있었다. 먹었다간 분명히 머리가 아플 것이고, 그렇다고 버리기는 아까웠다.

모르겠어.

셋이면 쓰리섬도 할 수 있는데.

그럼 좋아.

나는 아이스크림을 먹기로 했다. 아직 여름이 한창이니까 괜찮겠지. 우리는 일단 아이스크림 대신 매운 갈비찜을 먹었다. 이야기해보니 그것도 나쁜 사람은 아니었다. 술을 좋아하고 농담도 잘했으며 사람을 놀리는 데 꽤나 능숙한, 애인하고 똑같은 사람이었다. 아니, 그냥 애인이었다.

술을 한잔하고 찾아간 모텔에서 쓰리섬이라는 것이 의외로 그렇게 간단히 일어날 수 없음을 알 수 있었다. 일단은 돈이 두 배로 들었다. 현행법상으로 모텔과 같은 도심의 숙박업소에서 한 커플 이상의 남녀혼숙은 엄격하게 제한이 되어 있었다. 그렇기에 방을 두 개 잡거나 파티룸을 빌려야 했는데 그러면 주중 숙박 기준으로도 십만 원이 넘어가는 액수였다. 더 큰 문제는 옷을 벗으면 두 사람 중에 누가 누구인지 구분을 할 수 없다는 것이었다. 나는 그래도 의리가 있는 편이니까 원래의 애인에게 더 열정을 부리고 싶은데 두 사람은 뭐가 그리 재밌는지 깔깔대며 끝까지 자신들의 정체를 밝히지 않았다. 모두 사람 놀리기를 좋아하는 성격 탓이었다. 엄청 설렜는데 현실은 야동처럼 쉽지가 않았다. 나이가 들수록 그런 것들만 확인하는군. 결국 술을 많이 마셔 피곤하다고 핑계를 대고는 두 사람을 양쪽에 안은 채로 잠을 청했다. 그건 또 그거대로 나쁘지 않은, 꽤나 쏠쏠한 기분이었다.

관심이 없을 때는 몰랐는데 세상에는 의외로 또 다른 자신을 찾았거나, 찾는 사람들이 많았다. 어떤 연예인은 아침 프로그램에 나와 또 다른 자신과 함께 몸매를 가꾸는 요가를 한다든가 마음의 안식을 준다는 책을 권하기도 했고, 노상음란행위로 구설수에 오른 고위직 공무원은 그건 또 다른 자신이 벌

인 일이라며 선처를 구하기도 했다. 스쿠버 장비를 착용하고
자신을 찾겠다며 바닷속에 들어가 행방불명된 사례도 있었다.
요가보다는 핫요가가 아무래도 뜨거워서 더 빨리 찾아진다는
둥의 출처가 불분명한 소문도 돌았다. 이 정도면 유행이라기
보다는 하나의 현상이었다. 내 애인은 그런 사람들 중 하나였
다. 얘기를 전해들은 친구는 애인이 운이 좋다고 말했다.

내가 아는 사람은 그거 찾으러 남해로 패키지여행 갔다가
바가지만 옴팡 쓰고, 옥성분이 들어간 요가매트랑 명상에 좋
다는 그림만 사 왔더라.

옥성분이 들어간 매트면 그냥 옥매트 아냐.

나의 물음에 친구는 짐짓 심각한 표정을 지어 보였다.

그게 매트가, 눕기엔 좀 작더라고. 발열도 안 되고. 필요하
면 너 가질래?

나는 고개를 저었다. 앞으로는 친구를 옥매트라고 불러야
겠다고 생각했다.

하여간 나와 애인들은 오누이 같은 관계가 됐다. 어떻게
그렇게 됐느냐고 물어도, 어떻게 그렇게 되지 않을 수가 있겠
냐고 되물을 수밖에 없을 정도로 자연스러운 일이었다. 내 자
신이 이 불가피한 상황에 좀처럼 적응이 되지 않았기 때문이
었다. 이런 일이 있었다. 데이트(밥 먹고, 영화보고, 차 마시

고)를 마치고 두 사람을 집 근처까지 데려다주며 나는 그 중에 한 명(더 이상 구분하기를 포기했다)과 입을 맞췄다. 마침 하늘도 어두워진 시간이라 괜찮겠다 싶어서 애인의 입속에 혀를 집어넣으며 무심코 눈을 떴는데, 그만 옆에 서 있던 다른 애인과 눈이 마주쳐버렸다. 나는 입을 맞추던 애인의 어깨를 잡고 얼굴을 떼었다. 속에서부터 무언가 짜게 식는 기분을 느꼈기 때문이었다.

하하. 겁쟁이.

지켜보던 애인이 말했다. 농담이라고 한 말이겠지만 나에게는 상처가 됐다. 앞으로도 계속 이런 식이면 어쩌지. 걱정이 됐다. 그 이후로 우리는 조금씩 오누이와 같은 관계로 변해갔다.

오누이화가 한창 진행되던 시기인 방학의 끝물에 애인이 새롭게 발견한 취미는 야구장 가기였다.

인도에는 야구장이 없더라고.

야구의 소중함을 알겠더라. 너 야구 잘 알지.

각각의 애인이 한 말이었다. 알 듯 모를 듯한 이유였지만, 내가 좋아하는 것에 관심을 가져주는 애인이 기특해 우리는 함께 야구장에 갔다. 바로 거기서 문제가 생겼다. 나는 야구를 좋아하는 편에 속했지만 실제로 관중석에 앉아 관전한 적

은 없었다. 야구장에서 보는 야구는 내가 알고 있던 그 스포
츠가 아니었다. 관중석은 마운드와는 너무 떨어진 곳에 있어
서 투수가 무슨 공을 던지는지 알 수 없었으며(나는 투수와
타자의 수싸움을 즐기는 타입이다), 여기저기서 사람들이 고
함을 지르는 통에 그마저도 도무지 집중을 할 수가 없었다.
거기에 온갖 음식물 냄새와 술 냄새까지 뒤섞여 공기마저 좋
지 않았다. 그림으로만 보던 귀여운 판다를 실제로 보니 생각
보다 더럽고 냄새가 나더라는 느낌이랄까. 소란스러운 분위기
에 주눅이 든 나는 조용히 맥주만 마셨다. 야구를 잘 모르는
두 애인이 파울홈런에 방방 뛰며 환호를 하는 모습이 카메라
에 잡혀 전광판을 수놓았다. 조금 부끄러웠다. 나는 화장실에
갔다가 앉았던 좌석을 찾지 못하는 참에 그냥 집으로 와버렸
다. 그날 밤 애인에게서 전화가 왔다.

야이 은둔형외톨이 같은 새끼야.

그러니까 네가 꼴찌 팀이나 응원하지.

휴대폰을 통해 그런 힐난이 쏟아졌다. 스피커폰인 모양이
었다. 그 일을 계기로 결국 우리는 헤어졌다. 변명의 여지가
없는 일이었지만 조금 억울하기는 했다. 처음 팬이 됐을 때
나의 응원팀은 꼴찌가 아니었기 때문이다. 그런 말을 마지막
으로 이별할 줄 알았다면 거인 말고 공룡팀을 응원할걸.

개학을 하고 구애인과는 학교에서 다시 마주치게 되었다. 깨져버린 학과 커플의 숙명이었다. 더 나쁜 점은 따로 있었다. 모르는 사이에 학우와 후배들로부터 내가 찌질한 쓰레기로 낙인이 찍혔다는 점이었다. 구애인이 무슨 소리를 하고 다닌 모양이었다. 어렸으면 군대로 도망이라도 갔을 텐데, 하필 또 나이까지 먹은 참이었다. 너무하네. 그래도 사랑했는데 말이야.

너 괜찮냐.

도서관 앞에서 마주친 옥매트가 물었다. 솔직히 질문을 들었을 때 조금 울 뻔했지만 나는 그냥 어깨를 으쓱해 보였다. 울었다간 정말로 찌질이가 될 수도 있기 때문이었다. 일반적으로 사람들은 소문에 사실을 끼워 맞추는 경향이 있었다.

졸업이잖아.

내가 말했다. 말하고 보니 정말 졸업학기니까 괜찮다는 생각이 들었다. 학점이 중요했고, 취직은 더 중요했다. 정신 차리자.

그럼 다행이고.

그러게 말이다. 구애인의 신상에도 약간 변화가 생겼다. 과정은 모르겠지만 야구장 파울녀로 방송을 탔던 애인은 어느새 인플루언서인지 뭔지 하는 유명인이 되어 있었다. 방학

동안 무슨 패션지와 인터뷰도 한 모양이었다. 강의실에 앉아 있으면 다른 과 학생들까지 와서는 구애인을 둘러싸고 지지배배 떠들곤 했다. 심지어 사인을 받아가는 학생들도 있었다. 도대체 무슨 대화를 나눴는지는 모르겠지만 그들은 항상 강의실을 빠져나갈 때 나를 노골적으로 째려보곤 했다.

그 선배 침대에서는 어때요?

학생 예비군 훈련에서 오랜만에 대화를 나누게 된 후배에게 들은 질문이었다. 다른 후배들까지 주위로 몰려들었다. 예비군들이란 그저 그런 대화 거리밖에 없는 법이었다.

야야 군복 입었다고 음담패설이냐. 안 꺼져?

옥매트가 후배들을 입을 막았다. 의리 있는 새끼. 더운 날씨 때문에 훈련은 실내교육으로 전환되었고, 교육장에 설치된 스크린 안에서는 반공교육이 한창이었다. 솔직히 누군가 또 다른 자신을 찾았다는 이유만으로 그 정도로 관심의 대상이 된다니 놀라웠다. 아니, 일단 사람이 둘이 됐는데 국방부 같은 데서 실험체로 잡아가야 하는 것 아닌가.

솔직히 옛날엔 몰랐는데 갑자기 존내 예뻐진 것 같아요. 유명해져서 그런가.

그 말은 사실이었다. 방학이 끝나고 돌아온 구애인은 건강해 보이는 갈색 피부에 살이 빠져 허리도 잘록해졌고, 없던 쌍꺼풀까지 생겨 어디를 가도 눈에 띄었다. 사실 바뀐 구애인의 모습을 보며 약간 후회가 되기도 했다. 야구장 좌석 번호 좀 기억해둘걸.

그 누나 블로그 보니까 연예인하고도 친구던데요.

걔가 그런 것도 해?

모르셨어요? 하기야…… 저 같아도 그러겠네요.

후배가 실수를 했다는 듯 눈을 내리깔았다.

나 괜찮거든.

후배들은 내 말은 듣지도 않고 다시 저들끼리 떠들기 시작했다. 차라리 놀렸으면 좋겠다는 생각이 들었다.

삼겹살에 소주나 마시자는 옥매트의 제안을 물리치고 집으로 돌아왔다. 블로그를 두 눈으로 확인해야 직성이 풀릴 것 같았다. 검색엔진에 구애인의 이름을 넣자 정말로 블로그 링크가 첫 페이지에 떴다. 클릭을 해보니 왼편 메뉴 위 프로필에는 돌담 아래 흙길에서 피어난 들꽃 사진이 있었다. 그리고 아래에는 이런 인사말이 적혀 있었다.

꽃을 보면 멈추자.
아름다움에, 향기에
감사하자.

기침하려고. 구애인에게는 꽃가루 알레르기가 있었다. 블로그의 첫 메뉴인 '발견, Life goes on' 카테고리는 일종의 일기 같은 게시물로 채워져 있었다. 프로필 사진처럼 돌담에 피어난 꽃이라던가, 빌딩 뒤로 지고 있는 노을 혹은 놀이터의 빈 그네 같은 사진과 함께 이해할 수 없는 알쏭달쏭한 서너 줄의 글귀가 적혀 있었다. 글귀의 내용은 '이건 글자입니다. 말이 아닙니다' 정도로 요약할 수 있을 것 같았는데, 대부분 공감과 리플이 수백 개씩 달려 있었다. 후배의 말대로 이름을 잘 모르는, 야구선수로 치면 2.5군 정도의 아이돌 가수와 찍은 사진도 업로드되어 있었다. '나의 Soul mate, 강해 보이지만 누구보다 여린 아이, 널 보면 항상 눈물이 날 것 같아. 언제나 peACE 알지?'라는 글과 함께였다. 만 개에 가까운 공감을 받은 포스팅이었다. 도대체 뭘 공감한 거지. 음식 카테고리인 '채식, 몸을 위하여'에서의 구애인은 조금 발랄한 모습이었다. 주로 풀떼기 위주의 음식물 사진이 올라와 있었고, 모든 포스팅의 마지막에는 '존맛! 꿀맛!'이라는 외침이 일종의 구호처럼 달려 있었다. 후식으로는 언제나 공정무역커피를 마시는 듯했다. 모니터 가득 풀떼기들을 보고 있으니 삼겹살이 먹고 싶어져 옥매트에게 전화를 걸었다.

삼겹살집에 들어온 매트가 가방에서 무언가를 꺼내 건네주었다.

이게 뭐야.

봐봐. 오늘 나왔더라.

학보사에서 배포하는 학교신문이었다. 신문 1면에는 구애인의 사진이 있었다. 잔디밭을 배경으로 두 애인이 하늘을 향해 팔을 벌리며 점프를 하고 있는 사진이었다. 내용을 들여다보니 인터뷰 기사였다. 헤드라인은 '상처를 받자, 치유를 하자'였다. 뭔 소리야 도대체. 어쨌거나 준 사람 성의가 있으니 나는 기사를 읽어 내려갔다. 구애인은 인터뷰에서 자신이 주창하는 치유의 개념이 사람들이 입으로만 떠드는 힐링과는 엄연히 다른 개념이라고 설명하고 있었다.

A. 힐링이라는 개념에는 가닿는 지점이 없잖아요. 뭐가 있어야 힐링을 하죠.

대충 읽어보니 상처를 받아야 치유가 있다는 소리였다. 그러니까 일부러라도 상처를 받아야만 한다는 것이 구애인의 주장이었다. 외양간을 고치기 위해 소를 잃고, 증세를 한답시고 복지를 들먹이는 현대적 개념과도 맞닿는 지점이 있는 이야기였다.

Q. 야구장에서 파울홈런에 만세를 부르는 모습이 중계 카메라에 잡혀 화제가 되기도 했다. 야구를 좋아한다고 들었는데?

A. 제가 바보도 아니고, 설마 그 정도도 모르겠어요. (웃음) 저는 그 공에 대해 환호를 한 거예요. 평소 제 생각이 그래요. 어떤 담장을 넘었던 간에 공의 입장에서는 그 자체로 충분히 환호받아 마땅한 일이잖아요. 우리는 언제나 어떤 과정 속에 있고, 그게 어떤 과정이건 간에 충분히 가치가 있고 응원받아야지요. 파울볼을 주운 사람이 홈런볼을 주운 사람보다 행복하지 않을까요? 그건 아니죠. (진지) 파울볼도 일단 공이니까요.

아니, 그건 아니지. 파울홈런에는 점수가 없는데. 나는 그런 생각을 하며 신문을 넘겼다. 다음 면에서 구애인은 또 다른 자신을 찾은, 이른바 '치유 스토리'에 대해 얘기하고 있었다.

A. 밝히기가 조금 부끄러운데. (침묵) 정말 사랑한 사람

이 있었어요. 학교 선배였는데. 씨씨로 이 년 정도를 사귀었어요. 처음에는 너무 행복했죠. 그런데 (다시 침묵) 어느 순간부터 변하기 시작했어요. 난폭해지고, 험한 말도 툭툭 내뱉고. 제 기분은 생각도 안 하고 말이죠. 때리진 않았지만요. 내가 사랑했던 남자가 아닌 것 같았죠. 그러다 정말 비참하게 차였어요. 비 오는 날이었는데. (눈가 촉촉) 그때는 정말 이해가 가지 않았어요. 자존감이 완전히 무너진 기분이 들더라고요. 그래서 인도로 향했죠. 왜들 그러잖아요. 인도에 가면 또 다른 나를 만날 수 있다고. 인구가 사억이니까요. 저 같은 경우에는 운이 좋았어요. 우연히 들어선 뉴델리의 어느 지저분한 뒷골목에서 제 자신과 벼락처럼 마주쳤거든요. 그 순간 어쩐지 그 사람을 이해할 수 있겠더라고요. 취업이 된다는 보장은 없고, 나이는 먹어가고, 장남이니까. 그도 그냥 상처를 받은, 저와 같은 사람이었던 거예요. 이제는 모두 용서해야겠죠. (쓸쓸) 여러분들도 떠나간 사람을 너무 미워하지 않았으면 좋겠어요. 그때의 상처가 없었다면 지금의 우리도 없었을 테니까요. (애써 웃음)

나는 신문을 내려놓았다. 고기를 뒤집던 매트가 동작을 멈추고 나를 바라보았다.

이거 다 개소리야. 나, 집에 형 있잖아. 알지.

정말 개소리였다. 그것도 치와와나 요크셔테리어 정도가 아닌 사모예드 정도는 되는 대형견 같은 소리였다.

고기 탄다. 먹어.

매트가 소주잔에 술을 따라주었다. 지글지글 타는 삼겹살 기름이 나를 바라보던 학교 사람들의 눈빛을 연상시켰다. 이 대로 당하고만 있자니 억울했다. 나는 처음 구애인에 대해 기사를 게재했던 잡지사에 전화를 걸어 제보할 일이 있다고 말했다.

섹스와 관련 있나요?

아뇨.

그럼 비자금? 공금횡령?

아닌데요.

정치인과는요. 재벌 2세? 3세?

없어요.

그럼 안 사요.

공짠데요.

일방적으로 전화가 끊겼다.

뭐래?

매트가 물었다.

안 산다네.

마시자.

우리는 술을 마셨다. 공짠데도 안 산다니. 기분이 거지같았다. 아니, 거지가 된 기분이 들었다. 아무리 마셔도 취하지 않는 날이었다.

삼사 학년들은 엠티에 가지 않아도 됐지만 이번에는 모두 참석해야 한다는 학과장으로부터의 전언이 있었다. 장소는 대기업에서 운영하는 경기도 외곽의 리조트였다. 강의실 앞자리에서부터 엠티 안내문이 전달되어 왔다. 안내문 앞에는 어째선지 기모노를 입고 눈을 지그시 감은 구애인의 사진이 찍혀 있었다. 이번에 구애인이 리조트의 홍보모델로 발탁됐으며, 그에 발맞춰 기존의 획일적인 여가 위주의 리조트에서 탈피해 신개념 치유공간으로 새롭게 단장했다는 내용이었다. 비용의 절반은 기업에서 부담하며, 학생들은 일종의 베타테스터가 되어 리조트의 시설들을 이용해보고 인터넷에 후기를 작성해줘야 한다는 조건이 붙어 있었다. 마지막에는 굵은 글씨로 '**해당기업 및 계열사 입사 시에 가산점 부여**'라는 말이 적혀 있었다.

선배, 엠티 가실 거죠.

수업이 끝나고 밖으로 나오는데 얼굴을 모르는 한 무리의 후배들이 내 앞을 막아섰다. 후배들인 모양이었다.

내가 왜.

어머, 남자가 쪼잔하게.

맞아. 맞아.

아까 들으셨잖아요. 다 가야 한다고요.

맞아. 맞아.

언니는 이미 선배를 용서했대요. 그러니까 꼭 오시래요.

맞아. 맞아.

선배는 솔직히 너무 유치한 거 아녜요?

맞아. 맞아.

우리 엄마가 그러는데 남자는 죽을 때까지 애라더라. 철들
자 노망난대.

맞아. 맞아.

저들끼리 신나서 떠드는 모습을 나는 물끄러미 지켜보았
다. 자꾸 맞아, 맞아라고 말하는 후배한테 진짜 맞아보겠냐
고 묻고 싶었지만 얼른 자리를 피했다. 엠티에 가지 않았다가
는 정말로 학교에서 매장 당하겠다는 위기감이 들었다. 취직
이 되지 않아 얼마 전에 졸업유예 신청을 한 참이었다. 도서
관 앞 흡연구역에서 매트가 담배를 피우고 있었다.

옥매트, 너도 엠티 갈 거지.

매트는 담배를 입에 문 채 고개를 내저었다.

가자. 가산점도 준다잖아.

난 그 회사 싫어해.

싫고 좋고가 어딨어.

여깄지.

그러지 말고. 나 복학생이라 너밖에 아는 사람 없단 말이야.

옥매트라고 그만 부르면 생각해볼게.

그래.

그리고 밥도 사.

알았어, 친구야.

친구와 나는 식당으로 향했다.

엠티 일정표 마지막 줄에 적힌 '저녁 여덟 시, 치유의 밤 행사'의 정체는 대학생들을 상대로 하는 구애인의 강연이었다. 우리 과만이 아니라 다른 학교의 학생들까지 참여한 대규모 행사였다.

여러분 상처 많이 받고 계시나요.

강단에 선 구애인 중 하나가 마이크에 대고 큰 소리로 인사했다.

예!

학생들이 환호하듯 대답했다. 상처에 노출된 사람들치고

는 꽤나 밝은 목소리였다. 내가 서 있는 곳에서 구애인의 모습은 잘 보이지 않았다. 강단 뒤편 커다란 스크린에 떠 있는 얼굴은 더 이상 내가 알고 있는 그 사람이 아니었다. 나는 뒷문을 통해 밖으로 나와 강당 앞에 있는 벤치에 걸터앉았다. 뒤편에서는 구애인이 떠드는 목소리가 들려왔고, 눈앞에는 푸른 숲을 깎아먹고 들어선 리조트 건물들이 보였다. 가만히 앉아 불이 켜진 창문의 숫자를 세는데 문득 어떤 생각이 들었다. 내가 상당히 게으르게 살고 있다는 자각이었다.

부지런하게 산다고 생각했는데 말이야.

너 꽤 부지런하잖아. 담배도 안 피우고. 도서관도 만날 나오고.

어느새 옆에 와 앉은 옥매트였던 친구가 말했다. 나도 그런 줄 알았는데 그 정도는 누구나 하는 일이었다.

그게 그냥 급하게 산 것 같더라고.

친구가 담배에 불을 붙였다.

면접 때 이런 일이 있었어.

친구는 얼마 전에 (겨우 걸쳐 있긴 하지만 어쨌거나) 재계 순위 50위권 안에 드는 기업의 최종면접까지 갔던 일이 있었다. 면접관 중 하나였던 상무가 취미에 대해 질문을 했다. 친구는 흡연이라고 대답했다. 상무가 인상을 찌푸리며 담배 따위가 어떻게 취미가 될 수 있냐고 물었고, 결국 취직에 실패했다.

하루에 한 갑만 피워도, 한 달이면 십삼만 원 아냐. 그럼 꽤 고급진 취미잖아? 요즘은 밥 먹으러 다니는 것도 취미라고 부르는데. 세상에 밥 안 먹는 사람도 있나.

다른 애들은 뭐라고 대답했는데.

패러글라이딩과 필라테스.

쩌네.

나 고소공포증에 몸치란 말이야.

친구가 무표정한 얼굴로 말했다.

선배.

뒤편에서 들리는 목소리에 친구와 나는 동시에 돌아보았다.

강단에서 언니가 잠깐 올라오시래요.

맞아, 맞아라고 하던 후배였다.

되게 복잡하다. 그치?

내가 물었다.

화해의 몸짓

산 초입에 자리한 임시 패쇄된 캠핑장을 끼고 올라가는 지방도로 위였다. 안개 때문에 좁아진 가시거리 끝에서 한 남자가 배낭을 맨 채 손을 흔들며 서 있었다. 민우는 차의 속도를 줄였다.

그냥 가자. 나 피곤해.

현서의 말에도 운전석의 민우는 요지부동이었다. 아직까지도 어제 일 때문에 화가 나 있는 모양이었다. 그녀는 그런 꽁한 태도가 마음에 들지 않았다. 민우는 남자의 앞에 차를 세우고, 조수석 창문을 내렸다. 현서는 불안했다. 남자의 옷차림으로 보아 경찰은 아닌 듯싶었다. 근방에서 벌어진 잇따른 살인사건 때문에 불심검문을 당한 직후였다. 앞서 차를 세웠던 경찰은 두 사람의 주민등록증과 면허증을 확인했었다.

넘어가면 좀 태워줘유.

조수석 창문 안으로 불쑥 들어온 중년남자의 머리를 피해 현서는 시트에 몸을 바짝 붙였다. 남자가 구사하는 말투는 이 지방의 사투리가 아니었다. 그에게선 불쾌한 냄새가 났다. 잠 금장치가 풀렸다. 뒷문이 열리는 사이에 현서는 운전석 쪽을 흘겨봤다. 민우는 짐짓 못 본 척을 했다.

미안혀유.

뒷좌석에 오른 남자는 코를 살짝 찌푸렸다. 차에서는 아무 런 냄새도 나지 않았다. 말 그대로 무취였다.

차가 출발했다. 속도계의 바늘이 천천히 올라가다 시속 사 십 킬로미터에서 흔들리고 있었다. 여유가 느껴지는 속도였 다. 남자가 말했다.

놀러 가는 길이유?

민우는 조수석을 힐끗 보았다. 현서는 입술을 비죽이 내민 채 새치름한 표정으로 정면만 바라보고 있었다. 대답하고 싶 은 기분이 아닌 모양이었다. 하릴없이 입을 열었다.

아뇨, 놀러 왔는데 펜션이고 뭐고 다 닫았네요.

그럴 만하쥬. 사람 셋이 뒈졌는디. 삭막해서 어디 오겠슈.

그래요? 둘 아니었어요?

셋이유. 새벽에 막 발견돼서 뉴스에는 안 나왔슈. 아적까진 동네 사람들이나 알쥬.

진짜 무서운 동네네. 그치?

말끝에 민우는 허깨비처럼 웃음을 흘렸다.

그런가.

건성으로 중얼거리며 현서는 머릿속으로 셋이라는 숫자를 가늠해보았다. 완전수라고 일컬어지는 숫자였다.

그런데 어디 가시는 길이세요?

저유?

네.

왜유?

뜻밖의 신경질적인 반문에 민우는 머쓱함을 느꼈다.

아니, 그냥 이곳 분은 아니신 것 같아서.

백미러를 통해 두 남자의 눈이 마주쳤다. 어색한 침묵이 감돌았다. 민우는 다시 고개를 돌려 운전에 집중했다. 일교차 때문에 생성된 늦봄 안개는 좀처럼 가실 기미가 보이지 않았다. 곡선주로가 많아 주의해야만 하는 길이었다.

캠핑장 매점에서 일해유. 고기 꾸우라고 불도 지파주고, 술도 팔고, 여자들 생리대도 팔고 그류. 근데 이번에 된서리를 맞아 사장이 좀 쉬다 오라네유. 어린놈이 을매나 싸가지가 없는지 전화 한 통 **딱** 해가지구 말유. 차도 없이 여기서 어찌 나가라구. 실례지만 나이가 어떻게 돼유.

남자의 입에 걸린 생리대라는 단어 때문에 현서는 기분이 몹시 나빠졌다. 지하철 안에서 귓가에 축축한 숨을 흘리는 치한이라도 만난 것 같았다. 남자의 몸에서 풍기는 정체 모를 비린내와 땀 냄새 때문에 입으로 숨을 쉬었더니 어지러웠다.

스물아홉입니다.

민우는 건성으로 대답했다.

우리 사장놈하고 동갑이네. 내가 올해로 마흔셋이유.

그러시군요.

남자는 내내 말없이 창밖만 바라보는 조수석의 여자가 신경 쓰였다. 자신을 달가워하지 않는다는 것이 여실히 느껴지는 태도였다. 싸가지 없는 년. 속으로 뇌까리면서도 감히 먼저 말을 걸 용기는 나지 않았다. 담배가 피우고 싶었다.

저기 죄송한디 내가 담배 좀 태워도 돼유?

현서는 속으로 쾌재를 불렀다. 담배 냄새라도 퍼지면 역겨운 냄새가 조금은 중화되리라는 계산이었다.

그래요.

진짜유?

안 됩니다.

민우가 남자를 제지했다. 남자는 기분이 상해서 주머니에 넣었던 손을 도로 뺐다.

왜, 피우시라고 해.

누구 맘대로.

오빠도 맨날 집에서 담배 피우잖아. 뭐 어때.

두 사람이 싸우기 시작했다. 남자는 어안이 벙벙해진 채로 그들을 지켜보았다.

집은 우리 집이 아니잖아. 내가 언제 차에서 담배 피우는 거 봤어? 차에서 피우면 냄새 안 빠진단 말이야.

마찬가지지. 왜 항상 모든 일을 자기 마음대로야?

점점 달아오르는 현서와는 다르게 운전석의 민우는 시종 일관 차분해 보였다.

제멋대로는 네가 제멋대로지. 담배 피우는 차는 중고로 팔 때 값이 얼마나 떨어지는 줄 알아?

그러세요? 참 잘나셨네요. 어제 일만 해도 그래. 내가 좀 실수할 수도 있는 거지.

그게 실수야? 너 일부러 그런 거 내가 모를 줄 알아. 너 때문에 내가 얼마나 고생했는데.

오빠 없어도 나 혼자 잘해.

잘하긴. 너 때문에 일 다 틀어질 뻔했잖아. 몰라?

그만 싸우셔유. 그냥 제가 안 낄께유.

민망한 마음에 남자는 양팔을 흔들며 두 사람을 말렸다.

아저씨는 좀 낄 데 안 낄 데 구분 좀 해요.

야?

조수석에 앉은 그녀의 입에서 나온 말은 뜻밖이었다. 남자
는 욕이 먼저 튀어나오려는 것을 가까스로 참았다.

너 어르신한테 그게 무슨 말버릇이야!

민우가 버럭 소리를 질렀다. 현서는 지지 않고 대들었다.

오빠는 오늘 처음 본 저 아저씨가 중요해. 내가 중요해?

차가 급정거했다. 나직한 브레이크 마찰음이 들려왔다. 세
사람의 몸이 잠시 앞으로 쏠렸다.

동네 부끄럽게 하지 말고 그만하자.

민우가 다시 침착하게 말했다. 화가 많이 났다는 신호였
다. 현서는 창문 쪽으로 고개를 돌려버렸다. 애초에 끝난 일
을 가지고 물고 늘어지려는 속내를 짐작할 수 없었다. 한바탕
소동이 지나가자 분위기는 급격하게 어색해졌다. 남자는 그만
내리고 싶었지만 이 차를 놓치면 다음 차가 언제 올지 기약이
없었다.

죄송합니다. 저희가 좀 흥분을 해서.

민우는 몸을 돌려 고개까지 숙여가며 사과했다.

아뉴. 뭐 살다보므는 그럴 수도 있제.

화가 났지만 누구에게 내야 하는지 알 수 없었다. 애초에 담배를 피우라고 한 것은 조수석의 여자였고, 그걸 제지한 사람은 운전대를 잡은 남자였는데, 잠시잠깐 사이에 뭐가 뭔지 모르게 되어 있었다. 그냥 상황 자체가 불편했다. 그럴수록 담배 생각이 더욱 간절해졌다. 어떻게든 두 사람을 화해시켜야만 편하게 갈 수 있을 듯싶었다.

차가 다시 출발했다. 세 사람 사이에 미묘한 기류가 형성되었다. 누구도 말을 꺼내기가 겸연쩍은 상황이었다. 민우는 허기를 느꼈다.

근데, 희한하쥬.

먼저 침묵을 깬 사람은 남자였다. 두 사람은 여전히 입을 다문 채였다.

살인범 말이유.

살인범이요?

민우가 관심을 보였다.

야.

뭐가요?

그게유, 피살자들이 전혀 공통점이 없대유. 살인사건으로 봤을 때는 셋부터는 말이쥬, 연쇄살인이유. 그럼 보통은 피살자들이 공통점이 있어야 돼유. 그런데 이번에 뒈진 것들이 하나는 중년 여자, 하나는 어린 사내아이, 또 한 명은 젊은 여자라네유. 세 사람 사이에 어떠한 공통점도 발견할 수 없다는 말이쥬. 하나는 관광객이고 하나는 산골촌부고 마지막은 기냥 동네 애유. 죽인 방법도 제각각이고 말이쥬. 교살에 토막 살인에 척살까지. 그래서 경찰에서도 그냥 세 가지를 독립된 사건으로 봐야 한다는 의견도 있는가 봐유. 추락한 여자는 사고일 수도 있고 말이쥬.

그런 걸 어떻게 다 아세요?

현서가 정면에서 시선을 떼며 반문했다. 처음으로 보이는 관심이었다. 남자에게 좋은 아이디어가 떠올랐다. 어쩌면 두 사람을 화해시킬 수 있을지도 몰랐다.

기냥 동네 일이니께 제가 쬐끔 연구를 해봤쥬.

남자가 신이 나서 말했다. 급커브 구간이었다. 민우는 신경을 써가며 핸들을 천천히 돌렸다. 세 사람의 몸이 좌측으로 쏠렸다가 돌아왔다.

근데 말이쥬. 제가 보기엔 이건 동일범의 소행이 분명혀유. 생각을 해봐유. 며칠 상관으로 한 동네에서 어째 셋이나 별 이유 없이 뒈지겄슈. 이놈이 말이쥬, 수사의 혼란을 빚으려고 그 짓거리를 한단 말이쥬. 아주 머리가 좋은 놈이유.

남자의 바지 앞섶이 부풀어 올랐다. 앞에 탄 두 사람은 제각각 남자가 이런 말을 꺼내는 이유에 대해 머리를 굴렸다. 알 수 없는 노릇이었다. 현서는 사이드미러를 통해 남자를 보았다. 그는 뒷좌석에 몸을 기댄 채로 현서의 뒤통수 부근을 멍하니 바라보고 있었다. 느물거리는 눈빛 때문에 속이 메스꺼웠다.

오빠 잠깐 차 좀 세워줘.

왜.

뒷좌석의 남자가 현서의 눈치를 살폈다. 자신에게 내리라고 할 것만 같았다.

세우라면 좀 세워봐. 말을 안 들어.

여전히 화가 풀리지 않은 모양이었다. 민우는 속도를 줄이며 차를 도로 한편에 세웠다. 조수석 문을 열고 뛰쳐나간 현서가 재빠른 걸음으로 풀숲 안쪽으로 사라졌다. 열린 문을 통해 구역질하는 소리가 나직하게 들려왔다. 민우는 운전석에 앉은 채로 소리쳤다.

등이라도 두들겨 줘?

꺼져. 오면 죽을 줄 알아.

풀숲에서 앙칼진 목소리가 들려왔다.

근데 두 사람은 부부유?

네? 그렇게 보이세요?

그냥 뭐 그렇게 보이기도 하고.

그런 사이 아니에요.

그럼 남매지간인가.

예, 뭐, 그냥 뭐.

민우는 말끝을 흐렸다. 어차피 오래 볼 사이도 아니고 굳이 속속들이 이력을 밝힐 필요는 없었다. 남자는 속으로 혀를 찼다. 두 사람이 불륜이 아닌가 하는 의심이 들었다.

이상하다. 생전 멀미하는 애가 아닌데.

민우는 혼잣말처럼 읊조리고는 크게 심호흡을 했다. 한낮인데도 공기가 서늘했다.

지대가 높아서 그럴 거유. 봐유. 안개도 여적 안 걷혔잖유.

남자의 말대로 안개는 여전히 사방을 가득 메우고 있었다. 민우는 혹시나 하는 생각에 손을 뻗어 비상등 버튼을 눌렀다. 토악질 소리는 멈췄지만 현서는 좀처럼 돌아올 기미가 보이지 않았다. 남자는 그녀가 소변을 보는 모습을 상상했다. 부풀어 오른 바지 앞섶은 좀처럼 꺼질 기미가 보이지 않았다.

왜 웃으세요?

야?

아뇨, 웃으시길래.

멋쩍어진 남자는 창밖으로 시선을 던졌다. 마침 그녀가 풀숲에서부터 걸어 나오고 있었다. 청바지에 흰 라운드 티셔츠, 쥐색 카디건 차림은 하얗게 질린 얼굴과 잘 어울렸다. 손등으로 자신의 입술을 닦으며 걸어오고 있는 모습이 어딘지 모르게 색정적으로 보였다. 불륜을 저지른 여자라는 설정을 덧붙이니 더욱 그랬다. 두 사람은 눈이 마주쳤다. 남자는 헛기침을 하며 고개를 돌렸다. 차에 오르는 현서에게 민우가 물었다.

괜찮아?

좀 나아. 물 같은 거 없어?

없지.

아, 씨발.

왜 욕을 하고 그래. 어르신 앞에서.

죄송해요.

괜찮아유. 지한테 한 것도 아닌데유 뭐.

그건 착각이었지만, 현서의 사과에 남자는 하여간 기분이 괜찮아졌다. 자신을 그렇게까지 싫어하지는 않는 모양이라는 생각이 들었다. 역시 착각이었다. 멈춰 있는 동안에 세 사람이 탄 차를 지나쳐가는 차량은 한 대도 없었다.

민우가 액셀러레이터를 밟았다. 현서가 손을 뻗어 그제까지 켜져 있던 비상등을 껐다.

외국에서 통계를 냈는데 말이쥬.

남자가 다짜고짜 말을 하기 시작했다. 문을 열어뒀던 탓인
지 차 안에는 서늘한 한기가 감돌았다. 민우는 히터를 작동시
켰다.

연쇄살인범들이유, 구십 퍼센트 이상이 백인 남성이었대유.

어머, 그래요?

남자는 백미러를 통해 현서의 표정을 살폈다. 그녀는 관심
이 있다는 듯이 눈을 깜빡이고 있었다.

야. 그러니까 거의 대부분 이 연쇄살인범들은 백인 남자란
거쥬. 그런데 저는 그게 잘못된 통계라고 생각해유.

네?

생각을 해봐유. 왜 흰둥이들만 사람을 죽이고 싶겠슈. 사
람이 다 똑같은 건데. 그건 그 뭐냐. 그러니까, 인종차별이쥬.
안 그래유?

상황에 적합한 표현은 아닌 것 같았지만 민우는 잠자코 고
개를 끄덕였다.

기냥 연쇄살인범들 중에 붙잡힌 반편이들이 흰둥이들인
거유. 원래 갸들이 좀 이 아다마가 영 안 좋쥬. 그래 허술하
니 붙잡히쥬.

남자가 보란 듯이 자신의 머리를 손으로 두드렸다. 두 사람에게는 오히려 그 말이 더 인종차별처럼 들렸다.

진짜 프로들은 붙잡히지 않아유. 그 왜 옛날에 화성 연쇄살인사건 들어봤쥬? 어려서들 잘 모를라나. 왜 그 영화로도 나왔잖유. 살인의 추억. 알쥬?

민우는 영화를 본 적 없었지만 잠자코 고개를 끄덕였다. 현서의 눈에는 자꾸만 살인에 대한 이야기를 꺼내는 남자가 미심쩍어 보였다.

얼마나 대단혀유. 아직까지도 범인을 모르잖유. 이미 공소시효도 끝이 나서 인자는 잡지도 못혀유. 근데 그 영화가 치명적인 실수가 있는디, 거기 범인으로 나온 배우가 너무 젊잖유. 통계적으로다가 대부분 연쇄살인범들은 나처럼 혼자 사는 사십대 남자유.

갑자기 차가 급격하게 좌측으로 쏠렸다. 현서가 비명을 질렀다. 반작용에 의해 남자의 몸이 옆으로 기울며 창문에 머리를 박았다. 둔탁한 소리가 났다. 민우가 백미러를 통해 남자를 살피며 물었다.

괜찮으세요?

왜 그래.

아니, 길 위에 새 같은 게 죽어 있어서. 깜짝 놀랐네.

아이구 머리야. 새 피하다가 사람 잡을 뻔했슈.

죄송합니다.

남자는 등을 돌려 차 뒤편을 확인했다. 안개 때문에 자세히 보이지는 않지만 길 위에 거적때기처럼 보이는 물건이 떨어져 있었다. 그 사이에 현서는 백미러를 통해 남자를 살펴보았다. 남자는 다시 몸을 돌려 등받이에 기대앉았다. 타격을 받은 머리가 화끈거렸다.

좀 이상하지 않아요?

그녀가 물었다.

뭐가유?

아니 왜 사십대 남자만 살인을 해요?

현서의 말이 불편한 듯 남자가 헛기침을 했다.

현서야.

민우는 그녀의 철없는 질문이 불안했다.

아니, 그게 프로파일링이라고 부르는디 통계적인 결과가 그렇다는 거쥬. 그럼 나도 연쇄살인범이게유.

그런데 그런 거는 어떻게 다 아세요?

야? 뭐유?

되돌아오는 남자의 질문에 현서는 아랫입술을 깨물었다. 될 수 있으면 입에 올리고 싶지 않은 말이었다.

되게 전문가처럼 보여서요. 혹시 무슨 경찰 아니세요? 위장경찰? 아니면 기자?

현서가 고개까지 뒤로 돌려가며 질문했다. 남자는 머리를 긁적였다. 그녀의 눈빛이 빛나고 있었다. 성격도 화끈한 것이 괜찮은 여자라는 생각이 들었다. 남자는 발가벗은 채로 온몸에 자상을 입고 죽어 있는 그녀의 모습을 떠올렸다. 상상 속에서 그녀의 동공에는 초점이 없었다.

아유, 아녀유. 기냥 동네일이다 보니께 쪼까 관심을 가지고 나름으로 연구를 해본 거쥬. 기자는 무슨.

손을 내저으면서도 들뜬 기색이 역력했다. 민우가 웃으며 말을 붙였다.

진짜 아니세요?

아니라니까는 왜 그류. 남우세스럽게.

남자가 계속 허허거리며 웃었다. 현서는 곁눈질로 운전석 쪽을 바라보았다. 민우 역시 마찬가지였다. 두 사람은 잠시 눈을 마주쳤다. 민우가 말했다.

아 배고프네. 아직 반도 못 왔는데.

배고파유? 내가 올 때 봤는데 이 산 정상에 휴게소가 하나 있슈. 라면도 팔고, 빵도 팔고 하더라규. 좀만 더 가면 되유. 거서 좀 쉬었다 가유.

남자가 앞좌석 사이로 고개를 쑥 빼고 말했다. 민우는 그의 말을 놓치지 않고 들었다. 그는 자신이 올 때 봤다고 말했다. 현서는 차가 얼른 휴게소에 닿기를 바랐다.

오빠 얼른 가자. 나 물 마시고 싶어. 입도 좀 헹구고.

두 사람 사이의 감정이 어느 정도 풀어진 것 같아 남자는 만족스러웠다. 위기는 사람 사이의 관계를 더욱 돈독하게 만든다. 언젠가 영화에서 본 말이었다.

기왕 말이 나온 김에다가 내가 이야기를 하나 더 해줄까유. 이건 나만 아는 비밀인디.

청자들의 반응을 기다렸다. 누군가에게 처음으로 밝히는 비밀이었다.

어떤?

이 년 전 사건 기억해유?

이 년 전이요?

당시에 민우와 현서는 크게 싸워 관계가 서먹했다. 대개의 연인들이 그렇듯 시간이 지나 떠올려보면 기억조차 나지 않는 사소한 이유 때문이었다. 두 사람에게 일어난 사건이라고 하면 그 정도가 전부였다. 결국 서로 사과를 하며 풀었지만 당시에는 이별까지 생각할 정도로 힘든 시간이었다.

왜 있잖유. 저기 밑에 지방에서 난 연쇄살인.

아아.

민우는 그제야 알겠다는 듯이 고개를 끄덕였다. 온 나라가 들썩이던 사건이었다. 피살자는 총 여덟 명이었다. 그제까지 조용하던 현서가 물었다.

근데, 그게 왜요?

범인이 잡혔잖유. 그 당시 범인이 누구였냐 하면 말유. 박 모라고 약간 정신지체가 있던 비리비리한 반편이였슈. 왜 동네마다 하나씩 있잖유.

그랬나요.

민우는 사건에 대해 알고 있었지만 잡힌 범인의 이력까지는 기억하지 못했다. 애초에 알 필요 없는 문제였다.

허, 참. 왜 그때 난리가 났잖유. 이름에 얼굴까지 까버려서 범죄자 인권이네 뭐네 하면서 개소리들 하고 자빠졌고 말유. 근데 이 내가 보기에는 그 병신은 범인이 아뉴.

네?

현서는 소름이 돋았다.

그때 어떻게 잡혔냐면 말유. 마지막으로 죽은 사십 대 여자의 체내에서 이 녀석의 디엔에이가 발견됐슈. 이게 결정적인 단서가 됐쥬. 이게 무슨 말이냐 하면유.

무슨 말인지 알아요.

무슨 뜻인지는 충분히 알고 있었다. 별로 듣고 싶지 않았다.

아, 죄송혀유. 숙녀분 앞에서. 입이 방정이라. 그런데 이상하쥬? 이 사건이 애초에 주목받았던 이유가 남녀노소를 불문하고 무차별적으로다가 죽여서인디. 그 전에 죽은 다른 피해자들한테는 발견이 안 됐는디 왜 그 아줌마한테만 그기 발견되냐 말유. 이건 분명 문제가 있쥬.

남자는 조수석의 시트를 두어 번 손으로 두드렸다.

범인은 말이유, 그렇게 호락호락한 놈이 아뉴. 겨우 여자 하나 어떻게 해보겠다고 그렇게 용을 쓰는 놈이 아니란 소리유. 대개 연쇄살인범들은 과시욕이 있슈. 꼭 자기가 했다고 티를 내야 직성이 풀리쥬. 뭐 손가락을 자르거나, 이빨을 뽑거나. 아니면 메시지를 남긴다던가. 그걸 트로피라고 부르는디. 트로피 알쥬? 근데 야는 한 번도 그런 적이 없슈. 깨끗했슈. 그래서 수사도 힘들었고 말이유. 그런데 왜 막판에 가서 그런 병신 짓을 하겠슈. 지저분하게. 그건 이치에도 맞지 않쥬. 안 그래유?

일리가 있는 소리였다. 현서는 어째서 남자가 이런 사실들에 대해 알고 있는지 궁금했다. 남아 있는 토사물 때문인지 입안이 꺼끌꺼끌했다.

그러니까 나의 결론은. 야는, 그러니까 박 모는 그냥 하나만 죽인규. 연쇄살인범이 아니라 그냥 강간치사라는 거유. 그런데 나라에서 이게 하도 문제가 되니까 이 경찰노무 새끼들이 반편이 자식한테 그냥 줄줄이 엮어서 달려버린규. 공무원들 하는 짓거리 뻔하쥬.

남자는 잠시 말을 끊었다. 앞에 앉은 두 사람이 눈에 띄게 긴장한 모습이 보였다. 귀 안쪽을 누군가 살살 긁는 것 같은 묘한 감각과 함께 흥분이 일었다.

감이 와유?

네?

예?

두 사람이 동시에 되물었다. 시선을 정면에 고정한 채였다. 남자가 소리 없이 웃었다.

참 답답한 양반들이네. 무슨 소린지 모르겠슈? 이 년 만에 그놈이 돌아온규. 이 동네에. 어쩌면 그간에도 이런 짓을 벌였는지는 모르쥬. 워낙에 종잡을 수가 없는 놈이께.

남자는 신나 보였다. 차가 휴게소에 도착했다. 산의 정상이었다. 휴게소라고는 하지만 차를 여섯 대 정도 주차할 수 있는 공간과 컨테이너를 개조해 만든 간이식당, 그리고 지저분해 보이는 화장실 건물이 전부였다. 다행히 식당은 불이 켜져 있었다. 남자는 아쉬웠다. 누군가 자신의 말을 귀 기울여 듣는 게 오랜만이었다. 차가 멈추자 현서는 문을 열고 화장실을 향해 종종걸음으로 뛰어갔다. 민우는 사이드브레이크를 올렸다.

식사 같이 하실래요?

그냥 바람이나 좀 쐬고 있을꺼유. 아따 그놈의 산 높기도 허네.

남자가 마치 처음 올라와본 사람처럼 감탄하며 차에서 내렸다. 민우는 잠시 차를 청소하는 척하며 시간을 끌었다. 콧노래를 부르며 주차장 끝으로 걸어가는 남자의 뒷모습이 보였다. 산 아래 전경을 한눈에 내려다볼 수 있는 장소였다.

식당에는 손님이 없었다. 문을 열고 들어서자 주인으로 보이는 여자가 텔레비전에서 시선을 떼고 민우를 바라보았다.

식사 돼요?

라면밖에 안 돼요.

주세요.

화장실에 간 현서는 무얼 하는지 나올 기미가 없었다. 주인 여자가 가스레인지에 냄비를 올렸다. 텔레비전에서는 주변국의 핵문제에 대해 논의하는 두 나라 정상들의 모습이 나오고 있었다. 웃으며 이야기를 나누는 두 사람은 유난히 정다워 보였다.

아주머니.

네?

저기 저 밖의 남자 아세요?

손가락이 아닌 턱짓으로 남자를 가리켰다. 주인 여자가 눈을 홉뜨고 창문 밖을 살펴보았다. 난간 앞에서 남자가 손에 담배를 든 채로 맨손체조를 하고 있었다.

글쎄요. 어제 식사한 사람인가. 멀어서 잘 안 보이네.

기억하시네요?

요즘 사람이 통 없어서.

저 사람 말로는 산 밑에 캠핑장에서 일한다던데.

그래요?

주인 여자는 별로 관심이 없는 모양이었다. 민우는 더 말을 붙이지 않고 턱을 괸 채로 텔레비전을 보았다. 정상회담에 대한 뉴스가 끝나고 세 번째 변사체가 발견되었다는 소식이 나오고 있었다. 남자의 말대로 척살이었다. 물이 끓는데도 주인 여자는 시선을 브라운관에 고정한 채로 움직이지 않았다.

요즘 장사 잘 안 되시죠?

네. 저것 때문에 아주 미치겠어요. 봄이 대목인데. 안 그래도 오늘까지만 하고 당분간 접으려고. 무섭기도 하고.

주인 여자는 그제야 냄비 속에 면과 스프를 넣었다. 라면
냄새가 퍼지자 군침이 돌았다. 현서가 식당 안으로 들어왔다.
세수를 했는지 얼굴에 물기가 묻어 있었다.

뭐 먹을래?

콜라 하나 주세요.

현서가 잠시 창밖을 보다가 말했다.

이상해. 그치?

약간은.

식사를 마칠 때까지 남자는 식당 안으로 들어오지 않았다.
두 사람은 식당 한편에 마련된 진열대에서 과자 몇 가지를 사
서 밖으로 나왔다. 산 아래를 내려다보고 있는 남자의 뒷모습
이 보였다.

갈까요?

민우는 남자를 향해 큰 소리로 말했다. 그가 뒤를 돌아보
았다.

그류.

남자가 차 쪽으로 다가왔다. 민우 역시 차 쪽으로 걸음을
옮기며 리모컨 버튼을 눌렀다. 차의 헤드라이트가 두어 번 깜
빡였다.

나 잠깐 화장실.

민우는 들고 있던 봉지를 현서의 손에 넘기고 뒤를 돌아 화장실 쪽으로 걸어갔다. 현서는 그 자리에 멈춰 섰다. 남자는 아랑곳하지 않고 아직 주인이 타지 않은 차에 올라 창문을 통해 두 사람의 모습을 예의주시했다. 멀뚱하게 서 있는 현서의 모습이 보였다. 안개 때문인지 어딘가 처연해 보이는 모습이었다. 마른침을 삼켰다. 그녀가 화장실 쪽으로 몸을 돌렸다. 잠시 후 민우가 화장실에서 나왔다. 두 사람은 실랑이라도 벌이는 듯 멈춰 선 채로 대화하고 있었다. 시선이 자꾸만 자신이 타고 있는 차를 향했다. 이상하게 웃음이 나왔다. 민우가 현서의 머리를 두어 번 쓰다듬는 모습이 보였다. 위로를 하는 것처럼 보이기도 했다. 그녀가 고개를 끄덕였다.

민우가 차에 올라탔다. 현서는 봉지를 든 채로 여전히 밖에 대기하고 있었다.

저기 죄송한데, 앞자리로 옮겨 타실래요?

왜유?

남자는 부러 더 퉁명스럽게 말했다.

아니, 그게. 저 친구가 아까부터 멀미가 난다고 해서. 좀 누워서 가야 할 것 같아서요.

남자는 물끄러미 민우의 눈을 바라보았다. 민우가 고개를 숙이며 시선을 피했다. 만족스러운 반응이었다.

알겠슈.

남자는 차문을 열고 밖으로 나왔다.

정말 감사합니다. 죄송해요.

현서가 조수석의 문을 여는 남자를 향해 고개를 숙여 인사
했다. 오늘 처음으로 보는 예의 바른 모습이었다.

아녀유. 몸은 괜찮아유?

덕분에요.

현서는 애써 웃으며 대답했다. 남자가 고개를 끄덕이며 조
수석에 올라탔다. 시동이 걸렸다. 차가 출발했다.

휴게소를 빠져나와 내리막 구간에 접어들었다. 역시나 연
속된 곡선주로였다. 민우는 올라올 때보다 두 배로 피곤함을
느꼈다. 뒷좌석에서 부스럭거리는 소리가 들렸다. 남자는 백
미러를 살폈지만 그녀의 모습은 보이지 않았다. 누워 있는 모
양이었다.

그런 건 어떻게 다 아셨어요?

민우는 피곤함을 떨치기 위해 남자에게 말을 걸었다.

야?

왜 이 년 전 그 사건하고 이번 일하고 동일범의 소행이라
는 거요.

백미러에 현서의 얼굴이 나타났다. 민우는 슬쩍 고개를 돌

려 그녀를 보았다.

괜찮아?

응.

남자의 몸에서 나는 악취는 참을 만해져 있었다. 현서는
자신의 후각이 둔해졌음을 느꼈다.

말했잖유. 그냥 쪼까 흥미가 동해서 살펴봤슈.

차가 멈춰 섰다. 남자가 의아해하며 고개를 돌려 민우를
바라보았다.

아저씨 이 동네 사람 아니죠?

민우는 정면을 바라보며 말했다. 되도록 남자와 눈을 마주
치고 싶지 않았다.

야?

저 다 봤어요. 아저씨 가방 속 카메라. 아저씨 살인범 맞
죠?

육중한 DSLR 카메라 안에는 살인사건 현장의 사진들이
가득 들어 있었다. 사진 속 사건현장의 모습은 노란색 출입제
한선만 아니라면 그저 촬영자의 의도를 알 수 없는 기묘한 풍
경사진처럼 보일 뿐이었다. 남자가 배낭이 있는 뒷좌석 쪽으
로 몸을 돌리려 했다. 민우는 손을 뻗어 남자가 메고 있던 안
전벨트를 거세게 잡아당기며 팔꿈치로 가슴팍을 밀어붙였다.

허리에 두른 벨트에 완력이 실리며 남자의 몸이 조수석에 달라붙었다.

왜 이래유.

이미 아까 화장실에서 신고도 했어요.

신고라는 소리에 당황한 남자가 소리쳤다.

지는 아녀유.

이거야?

현서가 배낭에서 카메라를 꺼내 앞으로 내밀었다. 민우는 고개를 끄덕였다.

그럼 두 사건의 범인이 같은 사람인 건 어떻게 아셨어요.

그건 그냥 취미유, 취미. 그냥 재밌어서.

이게 재밌어요?

이거 좀 놓고 얘기해유.

남자는 왼손으로 안전벨트 끈을 잡고 있던 민우의 손을 두드리며 말했다. 팔꿈치가 몸을 강하게 압박하는 통에 숨이 막혀왔다. 뒤편에서 목소리가 들려왔다.

아저씨 동정이죠?

야?

남자는 백미러를 통해 현서를 보았다. 그녀가 거울 속에서 입술 한쪽을 기묘하게 찌그러뜨리며 웃고 있었다. 눈이 마주쳤다. 민우와는 다르게 현서는 이 순간이 미치도록 좋았다. 재빨리 비닐봉지를 남자의 머리에 씌웠다. 동시에 민우가 카메라를 들어 남자의 두부를 내리찍었다. 군더더기 없이 깔끔한 동작이었다. 남자는 봉지를 뒤집어쓴 채 축 늘어졌다. 딱 한 대였다. 멀어져가는 의식 속에서 남자는 퍼즐의 마지막 한 조각을 맞출 수 있었다. 바지에 얼룩무늬가 생겨났다. 다행히 차의 시트는 방수였다.

꽉 묶어. 피 튀면 지우기 힘들어.

말하지 않아도 단단히 묶을 생각이었다. 민우는 두 손으로 카메라를 들어 머리를 재차 내리쳤다. 신나는 음악에 맞춰 춤이라도 추는 듯 경쾌한 몸짓이었다. 카메라가 부서지며 여기저기 부품들이 튀었다. 카메라가 형체를 알아볼 수 없을 정도가 되고 나서야 동작을 멈췄다. 창문을 열었다. 땀을 흘리고 맞는 시원한 공기는 기분이 좋았다. 현서는 조수석으로 몸을 내밀어 남자의 왼쪽 가슴에 귀를 댔다. 남자는 죽었다. 새삼 사람은 정말 쉽게 죽는다는 생각이 들었다.

아쉽다. 꼭 알고 싶었는데.

그럼 대답할 때까지 기다리지.

갑자기 덤빌까봐. 콤플렉스면 어떻게 해.

두 사람은 서로를 바라보았다. 현서는 고개를 끄덕이고 말을 이어나갔다. 민우에게 진심으로 해주고 싶은 말이었다.

어제부터 멋대로 행동해서 미안해.

아냐, 나야말로 마음대로 모르는 사람 태워서 미안해.

괜찮아. 결과적으로 다 잘 됐잖아. 근데 이 아저씨 진짜 변태 같아. 좀 소름 끼치더라.

불쌍한 사람이야. 너무 그러지 마.

덕분에 한 가지 비밀이 더 생겼다. 두 사람이 아는 한에서 화해를 하는 방법으론 이만한 것도 없었다. 둘은 다시 사이가 좋아졌다. 남자의 바람대로였다. 민우는 밖으로 나와 담배를 피웠다. 도로 한편에는 갓 설치한 듯 보이는 멀끔한 현수막이 걸려 있었다. '범죄 없는 고장 XX에 오신 것을 환영합니다.' 행정구역상 옆 동네로 넘어온 모양이었다.

네가 웃어야

서동욱을 좀 만나보라는 말에 민혁은 나직하게 한숨을 내쉬었다. 그 새끼가 뭐에 씌어도 단단히 씌었다니까. 오상수의 말이었다. 모임에서 발을 끊은 지가 삼 년이 넘었는데, 이제 와서 어쩌란 건지.

　형, 제가 요즘 조금 바빠서요.

　그러거나 말거나 오상수는 막무가내였다. 네가 모임에 빚이 있으니 그런 식으로 모르는 척하면 안 된다는 논리였다.

　그리고 걔가 엇나가면 너라고 마음이 편할 것 같아?

　마지못해 알겠다고 대답을 하고 전화를 끊었다. 확실히 서동욱이 엇나가는 일은 민혁의 입장에서도 그리 달갑지는 않앗다. 일단 만나면 술은 한잔 해야 했고, 그러면 돈도 돈이었고, 시간도 시간이고. 생각하니 짜증이 났다. 민혁은 소파에 앉은 자세 그대로 상반신을 옆으로 뉘이며 옆에 앉아 있던 아내의 허벅지에 머리를 갖다 대었다.

좀 조용히 좀 살자. 씨팔.

나직한 읊조림에 아내가 민혁의 머리카락을 손가락으로 훑었다.

욕을 하고 그래. 무슨 일 있어?

민혁은 눈을 감았다. 소화가 되는지 아내의 배 속에서 나직한 소리가 들려왔다.

상수형이 맞았다네. 동욱이한테.

어머. 무슨 일인데?

잘 모르겠어. 상수형이 만나서 얘기 좀 해보라는데.

만나 봐. 동욱씨도 복잡하겠지. 장애인인데.

평소처럼 중요한 때에 어디를 가느냐며 화를 낼 줄 알았는데 의외로 선선한 승낙의 말이 돌아왔다. 앞으로 며칠간은 아내의 가임기였다. 일 년 전부터 노력해왔지만 좀처럼 아이는 들어서지 않고, 그럴수록 그녀는 조금씩 예민해져갔다. 다시 몸을 일으켜 소파에 등을 기대었다. 사고가 일어났을 때, 사람들이 차를 들겠다고 위아래로 들썩이지만 않았어도 서동욱이 지금처럼 다리를 저는 일은 없었을 것이다.

그래야 하나.

먼저 씻어.

아내가 말했다. 민혁은 하릴없이 고개를 끄덕이고 자리에서 일어났다. 어쨌거나 중요한 시기였다.

점심시간을 삼십 분 남겨두고 오상수로부터 메시지가 날아왔다. 회사 앞이니 식사시간에 맞춰 내려오라는 내용이었다. 민혁은 눈살을 찌푸리며 통화 버튼을 눌렀다.

그냥 지나가는 길에 들렀어. 점심 먹자. 어제 얘기도 마저 하고, 혼자 먹기 심심하잖아.

혼자 먹기 심심하다는 말에는 주어가 없어 마치 민혁을 배려해준다는 식으로 들리기도 했다. 오상수 특유의 화법이었다. 또다시 휘말리는 기분이 들었다.

엘리베이터에서 내리자마자 로비에 서 있는 오상수의 모습이 한눈에 들어왔다. 해변에서나 입을 법한 형광색 반바지 차림에 흔히 라이방이라고 부르는 알이 큰 선글라스를 낀 채였다. 아무리 여름이라도 그렇지 어디 해수욕장에서 튜브나 파라솔 따위를 빌려주는 상인이라고 해도 수긍할 만한 모습이었다.

이야 정민혁. 여기여기.

오상수가 두 팔을 머리 위로 쭉 펴고 크게 흔들며 아는 체를 했다. 함께 엘리베이터를 타고 내려온 회사직원들이 고개를 돌려 민혁을 바라보았다. 최대한 눈이 마주치지 않도록 고개를 숙이고 그에게 다가갔다. 걸음을 옮기면서도 이번 일이 끝나면 다시는 연락을 받지 말아야겠다는 생각이 들었다.

오우 진짜 반갑다. 얼마만이야. 이야 정장. 우리 민혁이가 다 컸어. 회사도 잘 다니고. 운 좋게 들어가서 금방 잘릴 줄 알았더니.

그가 어깨를 툭툭 치며 말했다. 행동 때문인지 감탄이기보다는 어딘가 비아냥거림으로 들렸다. 여전히 남의 이목을 끄는 일에 능숙한 사람이었다.

형, 일단 나가요.

민혁은 손을 내밀며 악수를 청하는 오상수의 팔꿈치를 잡아끌어 건물 뒤편 흡연구역으로 향했다. 깔끔한 전면과는 다르게 건물의 뒤편은 에어컨 실외기가 벌레처럼 다닥다닥 붙어 돌아가고 있었다. 뿜어져 나오는 더운 바람 때문에 저절로 숨이 막혔다. 재떨이 옆에 마련된 벤치에 앉은 오상수가 악수나 하자며 다시 손을 내밀었다. 마지못해 손을 맞잡았다.

젊은 놈이 왜 이렇게 힘이 없어. 힘드냐.

다 그렇죠.

담배 좀 줘봐.

저 끊었어요.

민혁의 말에 오상수가 기가 찬다는 듯 헛웃음을 터뜨렸다.

에이 독한 새끼. 담뱃값 얼마나 한다고 너는 그걸 끊냐. 돈도 잘 벌면서.

그는 그렇게 말하며 등에 메고 있던 조그마한 배낭에서 자신의 담배를 꺼내 물었다.

와이프가 임신을 해서요.

담배에 불을 붙이던 오상수가 퍼뜩 고개를 들었다. 물론 거짓말이었다. 금연은 아내가 강구한 아이를 가지기 위한 노력의 방식 중 하나였다. 이런 말들을 구구절절하게 하고 싶지는 않았다.

민영이가? 야 그럼 축하한다. 그런 일 있으면 형님한테 연락을 해야지. 예정일이 언젠데.

결혼식과 집들이 때 각각 한 번씩 본 것이 전부면서 그는 마치 아내를 잘 안다는 듯이 굴었다. 알린 적도 없는데 어떻게 찾아오는지 오상수는 언제나 그런 자리에 홀연히 나타나곤 했다. 좀처럼 종잡을 수 없는 사람이었다.

여기까지 어떻게 오셨네요.

애써 말꼬리를 돌렸다. 되도록 그의 입에 아내의 이름이 오르내리지 않았으면 좋겠다는 생각에서였다.

당연하지. 우리가 함께 사선을 넘나든 사이 아니냐. 그게 보통 인연이야?

정확하게 말하면 사선을 넘나든 사람은 서동욱뿐이었다. 아니, 그 역시도 사선을 넘나들었다고는 볼 수 없었다. 어쨌거나 생명에는 큰 지장이 없었으니까.

뭐 드시겠어요. 제가 살게요.

당연히 돈 버는 네가 사야지. 말이라고 하냐. 전에 내가 얘기 안했나. 나 아는 형님이 이 동네 유지였잖아. 옛날에 말이야 저기 사거리 있지, 저기부터 저쪽까지 다 그 형님네 땅이었어. 근데 사람들이 부자를 가만 두냐? 옛날 사람들이 우리하곤 다르게 좀 악독했잖냐. 보증을 잘못 서서 싹 날렸다네. 그것만 아니었어도 지금 엄청 부자였을 텐데 말야. 참 사람 인생 몰라. 안 그러냐.

검지를 들어 허공 여기저기를 짚어가며 말하는 오상수의 모습을 민혁은 가만히 바라보았다. 말이 더 길어지기 전에 끊어야만 했다. 그냥 놔두면 며칠이라도 자리에 선 채 혼자 떠들 수 있는 사람이었다.

글쎄요. 형 점심은.

갑자기 오상수가 입을 다물고 민혁을 빤히 바라보았다. 표정만으로는 화가 난 것인지, 아니면 자신의 얼굴에 뭐가 묻어 그런 것인지 알 수 없었다. 민혁은 손을 들어 자신의 뺨을 매만졌다.

너 요즘 스트레스 받냐.

한참만에야 그가 입을 열었다. 영문을 모를 소리에 민혁은 고개를 갸웃거렸다.

너는 옛날부터 사람이 그렇게 싱겁더라. 정신 똑바로 차려. 회사 생활 그거 쉬운 거 아니다. 너도 그만치 다녔으면 이제 알 거 아냐. 점심시간 한 시간이지. 움직이자.

회사생활이 쉽지 않다는 평범한 진실을 그의 입을 통해서 듣는다는 사실이 무엇보다도 낯설었다. 그가 입은 남색 티셔츠 등판에 하얀색 필기체로 'eroes'라는 글자가 적혀있었다. 히어로즈에서 'H'가 떨어져나간 듯 했다.

티셔츠는 언제 맞췄대요.

이 년 전에. 너 나가고 이만 원씩 해서. 아무래도 너랑 영지까지 빠져나가니까 솔직히 결속력이 예전 같지 않더라.

민혁은 입을 다물었다. 별로 입에 올리고 싶지 않은 화제였다. 오상수는 뭐가 좋은지 콧노래를 부르기 시작했다. 잠자코 그의 뒤를 따랐다.

이끌려 간 곳은 매일 지나치면서도 한 번도 눈길을 주지 않은 회사 근처 후미진 골목길 안쪽에 있는 음식점이었다. 간판도 없어 무엇을 파는 곳인지 가늠조차 할 수 없었다. 오상수가 먼저 문을 열고 들어갔다. 벽에 붙은 메뉴판을 보니 고깃집인 모양이었다. 메뉴라고는 삼겹살, 목살 그리고 갈매기살이 전부였다. 낮 시간임에도 드럼통을 세워 만든 구이용 테이블에는 연탄이 붉게 타오르고 있었다. 민혁은 오상수의 건너편에 앉았다. 할머니와 아줌마의 중간 나이쯤 되어 보이는 종업원이 주문을 받을 생각도 안 하고 주방에서 고개만 내민 채 두 사람을 바라보고 있었다.

아까 말했지. 이 동네 유지였다는 형님이 말해준 가게야. 이 집이 전국에서 목살이 일 번으로 맛있는 집이야. 다른 건 그냥 그런데, 목살은 짱.

선글라스를 낀 채로 엄지손가락을 내밀고 있는 오상수의 모습은 마치 출처가 불분명한 약을 파는 약장수처럼 보였다. 목살이 짱인 것이 문제가 아니었다.

형, 저 회사 들어가 봐야 해요.

야, 내가 그것도 기억 못 할까. 그래도 내가 너처럼 사 년제는 아니지만 전문대는 나온 사람이야.

이상하게도 예전부터 그가 자신의 변변찮은 학벌을 언급

할 때마다 민혁은 잘못을 한 사람처럼 주눅이 들었다.

그게 아니라, 옷에 냄새가 배잖아요.

가게 안의 환기시설이라고는 출입구 위에 붙은 덜컹거리는 환풍기 하나가 전부였다.

얘가 아직 좋은 고기를 못 먹어봐서 모르네. 인마 좋은 고기는 구워도 냄새가 안 나. 내가 전에 얘기했지. 내가 아는 동생이 마장동서 일하잖냐. 그때 얘기했잖아. 아닌가. 넌 없었나.

말의 끝에 그가 주방을 향해 소주 한 병과 목살 삼 인분을 주문했다.

참이슬, 처음처럼?

종업원이 어설픈 발음으로 되물었다.

빨간 거. 하여간 요즘은 어딜 가나 다 조선족들이야. 이러니까 나라가 이 모양이지.

주문 끝에 오상수가 굳이 한마디를 덧붙였다. 뜨악한 마음에 민혁은 주방의 눈치를 살폈다. 다행히 종업원의 귀에까지 들리지 않은 모양이었다. 테이블에 올려두었던 팔꿈치를 드는데 와이셔츠가 상판에 들러붙었다. 오래된 집이 아니라 그냥 지저분한 집이 아닐까 의심이 들었다. 어쨌든 정보의 출처는 오상수가 아는 형님이었으니 맛이 없어도 그의 책임은 아니었다. 사회생활을 하다 보면 그런 식으로 자신의 책임을 교묘하게 회피하는 사람들과 번번이 마주치곤 했다.

술 좀 따라봐라. 이게 얼마 만이야.

고깃집에서 흔히 볼 수 있는 파채와 콩나물, 김치 따위의 밑반찬과 함께 소주가 나왔다. 민혁은 소주병을 열어 그가 내민 잔을 채워주었다.

그러게요.

오상수가 민혁의 손에 들린 소주병을 건네받아 내밀었다. 민혁은 재빨리 소주잔을 손으로 가렸다. 고기만 해도 부담인데 술 냄새까지 풍기며 돌아갔다가는 곤란해질 수 있었다.

점심시간에 반주도 하고 그러잖아.

윗사람하고 있을 때는 그렇죠.

얘 봐라. 그럼 형이 아랫사람이냐.

아뇨, 직장 상사요.

오상수가 섭섭하다는 듯 병을 소리 나게 내려놓고는 잔을 들어 소주를 마셨다.

너 변했어.

사람이 변하죠.

종업원이 고기가 든 접시와 집게를 테이블에 올려놓고 갔다. 민혁은 한동안 스테인리스 접시 안에 든 고기에서 눈을 뗄 수 없었다. 한눈에도 오래된 것처럼 거무튀튀한 색을 띤 탓이었다.

숙성고기라 그래, 숙성.

시선을 의식했는지 오상수가 말했다.

돼지고긴데요.

숙성보다는 부패가 아닐까 의심되는 색상이었다. 그가 한숨을 내쉬며 선글라스를 벗었다. 왼쪽 눈두덩이 퍼렇게 물들어 있었다. 서동욱에게 맞은 자리인 모양이었다. 무언가를 물어주기를 바란다는 듯 오상수가 물끄러미 민혁을 바라보았다. 봤는데 모른 척을 할 수도 없는 노릇이었다.

뭐예요.

그 새끼한테 맞았다니까. 갑자기 막 때리더라고. 걔가.

오상수가 민혁의 앞에 놓인 잔에 술을 따르며 말했다. 대처하기 힘들 정도로 기습적인 타이밍이었다. 잠자코 말간 액체가 채워진 잔을 바라보았다. 오상수는 마치 아무 일도 일어나지 않았다는 듯 집게를 들어 불판에 고기를 올렸다.

형. 제가 할게요.

민혁은 팔을 뻗어 그의 손에 들린 집게를 건네받았다.

그래, 네가 얘기 좀 해봐라. 나는 정말로 이해가 가지가 않는다.

순간적으로 고기를 올리던 손이 멈췄다. 어느새 이야기가 그렇게 되어가고 있었다. 피곤함이 몰려왔다. 민혁은 집게를 내려놓고 저도 모르게 소주를 마셨다. 평소와는 다르게 한 잔만으로도 얼굴이 홧홧해져 왔다.

아무 이유 없어요.

이유는 무슨 이유. 걔가 다리 때문에 군대도 안 가서 철이 없어. 윗사람 무서운 줄 몰라. 생각을 해봐라. 너도 마찬가지지만 우리가 뭐 걔한테 해코지 될 일 할 사람이냐. 그런 사이 아니잖아, 우리는.

그야 그렇죠.

동욱이 걔도 복잡하긴 하겠지. 내일모레 서른인데. 얼마 전에 철민이가 소개해준 데서 잘렸다더라.

택배요?

철민이가 하던 구역 인계해줬잖아. 걔가 착해서 그렇지 원래 그거 다 권리금 받고 넘기는 건데. 근데 거기가 하필 주택가라 골목골목 계단이 좀 많았나 봐. 사람들 민원도 계속 되고 그래서 결국 택배회사에 위약금까지 물고 시마이 했다더라.

사고가 있던 날 오철민은 가장 먼저 택배차에서 나와 서동욱에게 달려간 사람이었다.

철민이가 뭐 일부러 엿 먹으라고 그랬겠냐. 근데 이 새끼는 철민이를 때려야지 왜 나를 때린 거야. 사람들 다 보는 앞에서 내가 쪽팔려서.

오상수가 젓가락으로 고기를 한 점 집어 앞뒤로 살펴보고는 다시 불판에 내려놓았다. 민혁은 집게를 들어 고기를 뒤집었다. 불판이 지글지글 끓으며 냄새가 피어올랐다.

그건 그렇고, 영지 결혼 한다더라.

오상수가 자신의 잔을 스스로 채우며 말했다.

그래요?

짐짓 아무렇지도 않은 척 대답을 했다. 연기에 자신이 있는 편은 아니었지만 달리 다른 반응을 할 수도 없었다. 오상수가 아직도 그녀와 연락을 한다는 사실은 의외였다. 고영지는 사건의 최초 신고자였다. 일일이에 해야 하나요, 일일구에 해야 하나요. 그녀에 대해 떠올리면 가장 먼저 머릿속에 떠오르는 대사였다. 연인관계가 된 이후에 민혁은 그 말을 가지고 가끔 그녀를 놀리곤 했다.

남편하고 나이차가 꽤 되더라고.

별로 떠올리고 싶지 않은 사람이었다. 민혁은 술을 한 잔더 마셨다. 휴대폰을 꺼내 시간을 확인해보니 겨우 삼십 분이지나 있었다.

형. 우리 다른 얘기 해요.

맞다. 생각해보면 그때 우리가 좀 심했지. 너한테는 미안하다. 형이 말렸어야 하는데.

두루뭉술한 사과의 말을 들으며 민혁은 술을 마시고, 고기를 한 점 입에 넣었다. 한입 깨물자 입안 가득 육즙이 터져 나왔다. 고기는 생각보다 맛이 좋았고, 생각해보면 지금 이렇게 잘 살고 있으니 딱히 사과받을 일도 아닌 듯했다.

제가 동욱이한테는 알아듣게 얘기해볼게요.

그래. 걔가 그래도 너랑 제일 가까웠잖냐. 네 말이면 들을 거야.

지금의 아내를 만나게 되며 고영지와는 이별을 했다. 결별에 딱히 이유가 있지는 않았다. 바람을 피운 것도 아니었다. 그저 연인과의 관계가 권태로웠던 와중에 새로운 사람이 눈에 들어왔고, 자연스레 이별을 고하게 된 수순이었다. 고영지는 이미 돌아선 그의 마음을 붙잡기 위해 모임의 사람들에게 이런저런 부탁을 했고, 그 과정 속에서 정보들이 뒤섞이며 민혁은 많은 비난을 받았다. 억울함에 변명을 해봤지만 점점 상황이 나빠질 뿐이었다. 네가 그러면 안 된다. 그것이 회원들의 요지였다. 그들은 마치 자신의 일처럼, 혹은 두 사람의 개인적인 일들이 마치 모임 전체와 관련이 있는 것처럼 굴었다. 고영지와 민혁의 연인 관계가 유지되면, 자신들 역시도 행복할 것이며 나아가서는 모임 역시도 결속을 유지하리라고 믿는 눈치였다. 마치 모임의 존폐를 모두 책임지우려는 듯한 부담스러운 태도에 민혁은 더욱더 빨리 발을 뺐다. 다른 사람들과는 모두 교류가 끊겼지만, 회장을 맡은 오상수만은 끈질기게 연락을 해오며 민혁이 여전히 모임에 속해 있다는 듯이 대했다.

중국집 오토바이 한 대가 갑자기 불법유턴을 해 들어오는 차량을 피해 급하게 핸들을 돌린다. 오토바이는 반원을 그리며 사차선 도로의 중앙선을 넘어 휘청거린다. 반대편에서 달려오던 차가 급하게 브레이크를 밟는다. 오토바이가 옆으로 넘어지며 차 밑으로 빨려 들어간다. 오토바이 뒤에 실린 철가방이 도로로 튀어나오며 음식물들이 흩어진다. 차는 오토바이를 깔아뭉갠 채로 이삼 미터를 주행하다 멈춰 선다. 시간이 멈춘 것처럼 잠시 정적이 흐른다. 방범용 CCTV에 찍힌 영상에서는 원래 소리가 나지 않지만, 이 순간만큼은 현장에서도 정말로 시간이 멈춘 듯 사방이 고요했다. 사고차량의 아래에서 피어오르는 불길한 검은 연기만이 여전히 시간이 흐르고 있음을 표시하고 있다. 사고차량 뒤를 따라오던 택배트럭이 길가에 차를 멈추고 운전석에서 오철민이 나온다. 그는 주변을 두리번거리며 사람들을 향해 무어라고 소리친다. 민혁은 그 대사를 알고 있다. 사람이 깔렸어요. 오철민이 허공에 팔을 내저으며 손짓한다. 도와주세요. 화면 안으로 사람들이 하나둘씩 주춤거리며 나타나기 시작한다. 바로 그 순간 화면 왼쪽 위 가로수 뒤편에서 민혁의 모습이 나타난다. 민혁은 한쪽 손으로 나무를 짚은 채 사고지점에 몰려드는 사람들을 지켜본다. 몇몇 사람들이 차의 오른쪽 보닛에 붙어 들어올리기 위해 힘을 주고 있다. 민혁과 차에 깔린 서동욱을 제외하면 모두 일곱 명이다. 차는 몇 번을 들썩거리지만 좀처럼 시원하게 들리지 않는다. 잠시 후 고영지가 차에서 손을 떼고 주머니에서 휴대폰을 꺼낸다. 휴대폰을 바라보던 그녀가 가로수 뒤편에 서 있던 민혁을 향해 입을 벙긋거린다. 일일이에 해야 하나요, 일일구에 해야 하나요. 그때까지 지켜보고 있던 민혁이 갑자기 고개를 푹 숙인다. 웃음이 터진 것이다. 지금 그게 중요해? 차는 좀처럼 움직일 기미가 보이지 않는다. 그때 가장 먼저 사람들을 불러 모았던 오철민이 정확하게 손가락을 들어 민혁을 가리킨다. 구경만 하지 말고 좀 도와줘요. 민혁이 고개를 퍼뜩 들며 눈을 동그랗게 뜬다. 그래 이 씨발 새끼야. 오철민이 소리친다. 그제야 민혁은 가로수에서 손을 떼고 차쪽으로 천천히 걸음을 옮긴다. 마지못해 다가가면서도 절대 들릴 리가 없다고 생각한다. 미등 아래쪽에 손을 얹고 오상수의 구호에 맞춰 힘을 준다. 하나 둘 영차. 조금씩 들썩이던 차의 한쪽이 거짓말처럼 떠오른다. 일일구인지, 일일이인지에 신고를 마친 고영지가 차 밑에 깔려 있던 동욱의 바지춤을 두 손으로 잡고 밖으로 끌어내며 동영상은 끝이 난다. 감상적인 음악과 함께 자막을 입힌 버전도 있었지만, 민혁은 원본 영상을 가장 좋아했다.

이상하게 나는 이거 볼 때마다 눈물 날 것 같더라.

어느새 뒤에 와 있던 아내가 민혁의 목을 끌어안으며 말했다. 모니터에서는 동영상이 끝나고 숙취해소 음료의 광고가 재생되고 있었다. 민혁은 목에 감긴 아내의 팔목을 손으로 쓸었다.

오늘 점심에 상수형이 왔었어. 눈에 멍이 시퍼렇더라. 나 보고 동욱이 좀 만나보라네.

아내가 마우스로 손을 뻗어 휠을 아래로 내렸다. 유튜브 페이지 아래에 달린 댓글들이 화면 위로 떠올랐다. 눈물이 날 정도로 감동적이네요. 인간은 역시 위대한 것 같습니다. 이 분들은 지금 무얼 하고 계실가요? 마지막 댓글은 일 년 전이었다.

당신이 이거 보여줬을 때 처음으로 이 사람하고 결혼을 해야겠다고 생각했어.

전에도 말했어.

생명에는 책임이 따르잖아. 만나보고 와. 동욱씨.

아내가 명령하듯 말했다. 민혁은 눈을 깜박였다.

책임?

마우스에 얹어진 아내의 손등 위에 조심스레 손을 포갰다.

아무래도 당신이 구한 사람인데 엇나가면 찝찝하잖아.

구하지 않았어도 살았을 거야. 의사도 그랬고.

그건 마음의 문제야. 당신이 편해야지. 무엇보다도.

아내가 민혁의 머리 위에 손을 얹고 쓰다듬으며 말했다. 이 역시 아이를 가지기 위한 노력의 일환인 듯했다. 조금은 절박한 마음이 느껴져 저절로 눈이 감겼다.

가끔 그런 생각이 들더라고.

무슨 생각.

아니야. 전화해볼게.

민혁은 자리에서 일어났다. 아내가 뒤를 이어 컴퓨터 앞에 앉았다. 불법유턴으로 사고를 유발하고 뺑소니친 차의 운전자는 잘 살고 있을까. 모임에서 발을 끊으면서부터 가끔 궁금해지곤 했다. 어쩌면 그와는 통하는 부분이 있을 수도 있겠다는 생각을 곁들여서였다. 민혁은 통화를 하기 위해 테라스로 향했다.

통화대기음이 길어지고 있었다. 민혁은 서동욱이 별로 전화를 받고 싶지 않은 모양이라고 짐작했다.

무슨 일이세요.

서동욱은 오랜만이라는 의례적인 인사도 생략한 채 전화를 받았다.

무슨 일일까.

상수형이죠.

굳이 대답하지 않았다. 수화기 너머로 긴 한숨소리가 들려왔다. 피곤하기는 민혁 역시 마찬가지였다.

잠깐 보자.

그냥 놔두세요. 좀.

신경질적인 대답을 듣고 있으니 덩달아 부아가 치밀었다.

야. 서동욱. 자꾸 피곤하게 할래. 세상 너만 살아?

긴 침묵이 이어진 후에 서동욱은 내일 사고가 났던 장소에서 보자고 말했다. 자신의 집이 근처라는 이유였다. 전화를 끊으려는데 저편에서 양아치 새끼……라는 읊조림이 들려왔다. 휴대폰의 종료 버튼이 눌리지 않은 모양이었다. 민혁은 혹시 서동욱이 무슨 말을 더할까 싶어 휴대폰을 든 채 기다렸지만 텔레비전 소리만 들려올 뿐이었다. 결국 이쪽에서 먼저 종료 버튼을 눌렀다.

보기로 했어?

테라스의 문을 닫고 나오는데 아내가 물었다. 민혁은 고개를 끄덕였다.

언제.

내일.

내일이 제일 확률이 높은 날인데.

아내가 미간을 찌푸리며 말했다.

주말 넘기면 또 다음 주까지 계속 신경 쓰일 것 같아서. 미안. 지금이라도 바꿀까.

버릇처럼 재빨리 사과를 하며 휴대폰을 들어 보였다. 아내가 나직하게 콧소리를 냈다. 고민을 할 때 나오는 버릇이었다.

아냐. 대신 일찍 와.

생각을 마친 아내가 민혁의 양 볼에 손을 올리고 잡아당기며 말했다.

알았어.

그리고.

그리고?

오늘은 두 번.

사고가 난 지역은 집값이 싸서 고시생들이 많이 사는 동네였다. 민혁은 사고가 났던 도로 한편에 차를 바짝 붙여 세웠다. 차 문을 열고 나오는데 더운 기운이 훅하고 끼쳐왔다. 열대야가 시작되고 있었다. 동영상 속에서 몇 번이나 본 장소였지만 사고가 난 지점이 정확하게 어디였는지 가늠이 되지 않았다. 당시만 해도 여기저기서 현판을 세워야 한다는 둥 난리를 피웠지만 유야무야된 모양이었다.

일찍 오셨네요.

다시 차에 들어가 있을까 생각하는데 뒤편에서 목소리가 들려왔다. 돌아보니 서동욱이 한쪽 손에 지팡이를 짚은 채 서 있었다. 왼쪽 발목이 세 방향으로 쪼개진 탓에 다리를 절기는 했지만 예전에는 보지 못한 물건이었다.

늙어서 그런가 요즘 술 마시면 잘 넘어져서요.

지팡이를 향한 시선을 의식했는지 서동욱이 지저분하게 자란 턱수염을 매만지며 말했다.

서른도 안 된 게 늙기는.

형은 더 젊어 보여요. 행복하신가.

말의 끝에 서동욱이 킥킥거리며 웃음을 흘렸다. 분명한 적의가 느껴지는 태도였다. 비죽비죽 자란 머리와 퀭한 눈 때문인지 어딘가 허물어져 있다는 느낌이 들었다.

행복하고 말고가 어딨어. 그냥 사는 거지.

있죠. 있어요.

서동욱이 민혁의 눈을 똑바로 보며 말했다. 불편했다.

저쪽이었나.

민혁이 횡단보도 너머를 손가락으로 가리키며 말했다.

아뇨. 바로 요 앞이요. 형도 알아서 여기 계신 줄 알았는데.

언제적 일인데. 주변도 너무 바뀌었고. 서 있지 말고 타. 옮기자.

민혁은 자동차의 리모컨 버튼을 눌렀다. 도로변에 세워두었던 차의 비상등이 두어 번 깜빡였다.

그러지 말고, 저기로 가요.

잠시 자리에 멈춰 서 있던 서동욱이 지팡이를 들어 도로변에 있는 치킨집을 가리켰다. 사고지점이 바로 내다보이는 가게였다.

이런 데 세워두면 딱지 끊어.

오늘은 괜찮아요. 단속 없는 날이라.

서동욱이 민혁의 대답을 듣지도 않고 치킨집으로 향했다. 걸음을 옮길 때마다 그의 어깨가 왼편으로 기울었다 돌아오기를 반복했다. 오상수가 회사에 왔을 때 입었던 것과 같은 티셔츠였다. 문득 그가 티셔츠 값을 냈을까 하는 의문이 들었다.

형 만난다니까 화내던데요. 영지누나.

서동욱이 자신의 앞에 놓인 생맥주를 한 잔 마시고 말했다.

너도 걔랑 연락하냐.

뭐예요. 질투하는 거예요?

결혼한다며.

형도 결혼하셨잖아요.

자꾸 대화가 엇나가고 있었다. 질투라니 당치도 않은 소리였다. 민혁은 대답하지 않고 잔을 들었다.

어차피 저 같은 건 남자로 안 봐요.

그런 말을 하는 저의가 궁금했지만, 굳이 캐묻지 않았다. 치킨이 나올 때까지 민혁은 맥주를 한 잔 마셨다. 서동욱은 내내 말없이 휴대폰을 바라보고 있었다. 말이 없는 그가 답답했지만, 생각에 잠긴 척을 하며 그저 창밖만 내다보았다. 도로변에 세워둔 차가 못내 신경 쓰였다.

무슨 생각 하세요.

서동욱이 치킨 한 조각을 접시에 덜어주며 물었다. 민혁은 창밖에 시선을 던져둔 채로 대답에 뜸을 들였다. 그러는 편이 좋아 보이리라는 계산에서 나온 행동이었다.

옛날 생각. 화양연화라고 알아?

화냥년이요?

됐다.

영지누나 얘기예요?

화양연화. 인생에서 가장 아름답고 행복했던 짧은 순간.

영지누나 얘기예요?

왜 그러냐. 그만 좀 해라. 너.

그저 옛날 얘기나 조금 하고 네가 그러면 안 된다는 식으로 정리를 하려고 했는데 뜻대로 되지 않았다. 민혁은 포크를 들어 접시에 놓인 치킨조각에 찔러 넣었다. 튀김옷에서부터 흥건하게 기름이 흘러나왔다. 그 모습을 보니 저절로 입맛이 떨어졌다. 얼른 일어나 이곳을 빠져나가고 싶었다.

왜 때렸어.

등산을 가자고 하더라고요.

설마. 너한테.

아니요. 그게 아니에요.

이야기를 들어보니 정확하게 등산은 아니었다. 구청에서 만든 둘레길의 완공 기념 행사였다. 지역단체장과 함께 둘레길을 한 바퀴 돌고, 식사를 하는 일이었다. 민혁 역시 그런 식의 행사에 초청받아 몇 번이나 간 적이 있었다. 그런 일들은 주로 오상수의 주도하에 이루어졌다. 그의 표현대로라면 중요한 행사였다. 참석할 때마다 스스로 괜찮은 사람이 된 기분이

들곤 했다. 물론 행사를 마친 후 입금되는 돈도 꽤 쏠쏠했다.

나를, 업어주겠다고 하더라고요. 상수 형이. 힘이 들어서 의자에 앉아 쉬는데 구청장이랑 와서는 힘들면 업히라고. 괜찮다고 하니까 자기가 널 위해서 이 정도도 못 해주겠냐면서. 옆에 사람들도 흐뭇하게 웃으면서 보고 있고. 뭔가 업히지 않을 수 없는 쪽으로 분위기가 흘렀어요.

도로 위에서 왼쪽 다리가 흉측하게 돌아간 채로 누워 있던 서동욱의 모습이 떠올랐다. 씨발새끼 죽여버릴 거야. 그는 두 손으로 얼굴을 가린 채 계속해서 쌍욕을 뱉었다. 회원들 중 누구도 입에 올리지 않는 부분이었다.

결국 업혀서 식당까지 갔어요. 존내 쪽팔리게. 형도 예전에 많이 가보셨잖아요. 연회석 있는 뷔페. 우리는 가운데 자리에 앉았어요. 근데 거기서 상수 형이 구청장한테 이 친구가 지금 취직을 못하고 있다고. 나라에서 자리를 좀 알아봐줘야 하지 않겠냐고. 괜찮다고. 그만 좀 하시라고. 정말 괜찮다고 하는데 넌 좀 가만히 있으라고 하더라고요. 내 일인데 말이에요. 순간 확 돌더라고요.

서동욱이 맥주를 한 잔 더 주문했다. 치킨은 손도 대지 않은 채로 식어가고 있었다. 기분 탓인지 비린내가 나는 듯했다. 무슨 말을 해야 할까 감이 오지 않았다.

너 그런 애 아니잖아.

아뇨. 저 그런 새끼 맞아요. 학교에서 애들 패고, 오토바이 타고 짱깨 배달하던 양아치.

그렇게 말하면 안 되지. 네가.

그때 기억나요? 표창 받았던 날.

민혁은 고개를 끄덕였다. 서동욱을 구한 일이 매스컴을 타고 유명해지며, 구조에 참여했던 사람들 모두 시장으로부터 표창을 받았다. 모임은 만찬자리에서 당시 시장의 제안으로 만들어졌다. 그만한 사람이 얘기하는데 섣불리 거절하기도 쉽지 않았다. 오상수의 입에서 히어로즈라는 이름이 튀어나왔다. 비슷한 시기에 창단한 야구팀에서 따온 이름이었다. 자리에서 일어난 시장이 잔을 들고 우리 시에는 이제 두 팀의 영웅들이 있다며 건배를 제안했다.

그때 저도 단상에 올랐었잖아요.

그랬나.

그랬어요. 상수 형부터 해서 차례대로 상을 받고 악수를 나누는데 뭔가 이상하죠. 나는 상을 받을 사람이 아닌데. 오토바이를 타다가 차에 깔렸다는 이유로 그 자리에 선 거잖아요. 뻘쭘해서 죽을 것 같은데, 내려갈 수도 없고. 결국 시장이 제 앞에 섰는데 사람들도 박수를 쳐야 하나 헷갈리는 눈치더라고요. 이러지도 저러지도 못하고 있는데 갑자기 시장이 말했어요. 웃으라고. 어쩌겠어요. 눈앞에서 카메라가 번쩍거리는데 울 수도 없는 노릇이고. 생각해보면 그때 도망쳐야 했는데. 허기야 다리병신이라.

서동욱이 말끝을 흐리며 고개를 숙였다. 울면 골치 아프겠다는 생각이 들었는데 다행히 그는 금방 다시 고개를 들었다.

아무리 그래도 때리면 어떻게 해. 상수형도 다 너 잘되라고 한 소리잖아.

사고가 있던 날은 민혁이 서류심사에서 탈락한 회사의 일차면접이 있는 날이었다. 면접을 보고 있을 누군가들을 생각하니 도저히 집중이 되지 않았다. 독서실에서 일찍 빠져나와 그저 산책이나 할 요량으로 동네를 배회하다 사고를 목격했다. 민혁은 가로수 뒤에 서서 차를 들기 위해 낑낑대고 있는 사람들의 모습을 지켜보았다. 절대로 잘될 리가 없다는 생각이 저절로 들었다. 그때 오철민이 손가락으로 민혁을 가리켰다. 후에 인터뷰에서 오철민은 위급상황에서는 손가락으로 지목해 부탁을 해야 사람들이 도와준다는 정보를 민방위 훈련에서 배웠다고 말했다.

진심이세요?

이 마당에 진심이 뭐가 중요해. 이렇게 끝나면 너만 배운

망덕한 인간이 되는 거야. 그걸 생각해야지.

제가 여기 지나갈 때마다 무슨 생각하는 줄 아세요.

묻지 말고 그냥 말해.

슬슬 지겨웠다. 쓸데없는 일에 뛰어들었다는 후회가 들었다.

그때 차가 터져서 우리 전부 다치거나 뒤졌으면 어땠을까 생각해요.

민혁은 앉은 채로 서동욱의 멱살을 붙잡았다. 그가 신경질적으로 붙잡힌 손을 쳐냈다. 멱살을 잡고 있던 손이 떨어지며 맥주가 든 잔을 쳤지만, 거품이 조금 일 뿐 쏟아지지는 않았다.

그런 이상한 생각 하지 마라. 사람들이 알면 실망한다.

무슨 실망요. 형 그때 반바지 차림이었잖아요. 면접 가는 길 아니었잖아요.

차 밑에서 끌려나와 얼굴을 가린 채 욕지거리를 뱉고 있는 서동욱을 보며 민혁은 자신은 아직 괜찮다는 생각을 했다. 적어도 재수 없게 차에 깔리지는 않았잖아. 생각이기보다는 믿음에 가까웠다. 후에 이뤄진 인터뷰에서 민혁은 자신이 면접을 보러 가는 길이었다고 말했고, 회사는 면접까지 포기하고 생명을 구한 그의 정의로움을 치하하며 특별채용 대상자로 지정했다. 회사와 민혁 사이의 미담은 온갖 매체를 타고 빠르게 전파되었다. 특별히 의도를 가지고 한 거짓말은 아니었다. 그저 사실대로 말하기 조금 부끄러웠을 뿐이었다.

그만하자.

뭘 그만하는데.

너 지금 이러는 거 말이야. 그건 이제 누구에게도 중요치 않아. 우리가 너를 살렸고, 너는 우리한테 이러면 안 돼. 모르겠어?

왜요.

모르겠으면 잘 생각해봐. 먼저 간다. 와이프가 임신중이라.

민혁은 자리에서 일어나 카운터로 걸어갔다. 벽면에 걸린 텔레비전 안에서는 당시 시장이었던 남자가 뇌물수수 건으로 재판에 회부되었다는 뉴스가 보도되고 있었다. 또 보자는 얘기는 하지 않았다. 계산을 하고 술집을 빠져나왔다. 술을 몇 잔 마시지도 않았는데 어지러웠다. 그때 휴대폰이 울렸다. 민혁은 깊게 심호흡을 하고 전화를 받았다.

자기 어디야. 설마 저번처럼 술 마시고 운전하는 건 아니지?

이제 대리 부르려고.

목소리가 안 좋네. 무슨 일 있었어?

아니 그냥 둘 사이에 조금 오해가 있었던 모양이야. 잘 해결됐어.

수고했어. 내가 당신을 얼마나 자랑스럽게 생각하는지 알지?

응응.

휴대폰을 손에 든 채로 민혁은 고개를 주억거렸다.

어서 오세요. 아참. 올 때 잠깐 약국에 들러서 테스터 좀 사 올래? 있는 줄 알았는데 다 떨어졌네.

알았어.

통화가 끊어졌다. 대리기사를 부르기 위해 휴대폰을 들며 민혁은 뒤를 돌아보았다. 서동욱은 여전히 그 자리에 앉은 채였다. 눈이 마주치자 그의 입매가 비틀리며 올라갔다. 처음 카메라 앞에 선 사람처럼 어색한 웃음이었다. 대리기사에게 현재 있는 곳의 위치를 말하며, 민혁은 동욱이 어리석은 선택을 하지 않기를 빌었다. 진심이었다.

낭만적 사람과 사회

하지만 갈 곳이 없다는 사실에 생각이 미치자 마음은 더욱 심란해졌다. 봉기는 현관문 앞에 엉거주춤하게 서서 문고리를 잡고 있는 자신의 손을 내려다보았다. 현관문은 반쯤 열린 채 봉기의 다음 행동을 기다리고 있었다. 결국 방으로 도로 들어갈까 생각하는 순간 뒤편에서 인기척이 느껴졌다. 봉기는 화들짝 놀라며 엉겁결에 문을 닫아버렸다. 뒤를 돌아보니 거기에는 옆집 아이가 있었다. 아이는 빌라 복도에 왼쪽 귀를 붙이고 옆으로 누운 자세로 붉은색 자동차모양 장난감을 앞뒤로 밀고 있었다. 차가 움직일 때마다 게슴츠레하게 뜬 아이의 눈이 차 뒤편으로 사라졌다 나타났다가를 반복했다. 계단에서 마주칠 때마다 꾸벅 고개를 숙이며 안녕하세요, 하고 소리치는 인사성 밝은 아이였다.

안녕하세요.

평소와는 다르게 아이는 누운 자세 그대로 입술만 달싹이며 인사했다. 어딘가 힘이 빠진 목소리였다.

뭐 하고 있니.

귀를 대면 차가워요.

나름의 피서법인 모양이었다. 불볕더위가 시작되고 있었다. 한편으론 남의 눈치를 보지 않고 원룸 복도 대리석 바닥에 누울 수 있는 아이가 부럽다는 생각도 들었다.

엄마가 리모컨을 가져갔거든요. 에어컨.

아이가 마침 생각이 났다는 듯 말을 덧붙였다.

엄마는 어디 계시니.

별로 궁금하지는 않았지만 어른이 된 도리를 지키기 위해 물었다.

일하러 갔죠.

아이가 천천히 몸을 일으키며 대꾸했다. 당연한 걸 왜 묻느냐는 말투였다. 그리고 보니 아이의 아버지를 본 기억이 없었다. 무슨 말이든 더 시켜야 한다는 의무감 비슷한 감정이 들었다.

유치원은.

방학이요. 아저씨는 어디 가세요.

갈 곳이 없었으므로 입을 다물었지만, 침묵이 오히려 대답을 대신한 것 같아 뜨악했다. 얼른 무슨 말이든 해야 한다는 생각이 들었다.

형이라고 불러.

몇 세이신데요.

별로 듣고 싶은 질문은 아니었다.

서른.

삼십?

하나.

헤에─ 삼십일이요.

짐짓 놀란 척을 하며 아이는 몸을 일으켜 앉더니 오른손 검지와 왼손 엄지, 검지, 중지를 펴 보였다. 보는 방향에 따라서는 열셋처럼 보이기도 했다. 펴진 손가락을 보고 있으니 괜히 화가 났다.

왜 혼자 놀아. 친구는 없니.

학원 갔어요. 전부.

대답을 한 아이가 눈을 두어 번 깜빡였다. 봉기는 아랫입술을 깨물었다. 어른스럽지 못한 대처였다. 더 휘말리기 전에 자리를 피하고 싶었다.

그렇구나.

엄마가 형은 훌륭한 사람일 거라고 했어요.

막 돌아서려는 순간에 아이가 맥락도 없이 그런 말을 꺼냈다. 아이의 엄마와는 일전에 원룸 주차장에서 마주친 적이 있었다. 자정이 조금 넘은 시간이었다. 빌라 일 층 주차장 구석 플라스틱 의자에 앉아 담배에 불을 붙이는데 아이의 엄마가 검은색 GS25 비닐봉지를 든 채 걸어오고 있었다. 자연스레 눈이 마주쳤다. 봉기는 평소처럼 가볍게 목례를 했다. 안녕하세요. 아이의 엄마가 인사했다. 그냥 들어갈 것이라고 생각했던 여자가 옆으로 와 들고 있던 봉지에서 담뱃갑을 꺼냈다. 불 좀 빌려주세요. 여자의 말에 봉기는 말없이 라이터를 꺼내 건네고, 자리에서 일어나 앉으라고 손짓했다. 주차장에 의자는 하나뿐이었다. 고개를 꾸벅 숙이며 인사한 여자가 자리에 앉아 담배에 불을 붙였다. 잠자코 그녀가 라이터를 돌려주길 기다렸다. 데면데면한 시간이었다. 저기요. 말소리에 고개를 돌리려는 순간 주차장의 불이 꺼졌다. 봉기는 재빨리 공중에 손을 휘저어 다시 불을 켰다. 여자의 모습이 시야 위로 깜빡이며 떠올랐다. 그녀는 잠시 망설이는 것처럼 말이 없었다. 맥주 한 잔 하실래요. 라이터를 돌려주려나 싶었는데 뜻밖의 말이었다. 맥주요? 봉기가 말했다. 네, 맥주. 그러니까 이게 그 말로만 듣던 헌팅이란 건가. 그런 생각을 하는데 여자가 들고 있던 비닐봉지에서 수입맥주 한 캔을 꺼내 내밀었다. 헌팅이 아니었다. 고맙습니다. 봉기는 두 손으로 공손하게 맥주를 받았다. 여자는 봉기의 라이터를 자연스럽게 주머니에 넣고, 자신이 마실 맥주를 하나 꺼낸 후에 들고 있던 봉지를 바닥에 내려놓았다. 맥주를 한 모금 들이켰다. 알싸한 탄산이 목을 긁고 내려가니 찔끔 눈물이 났다. 봉기는 재빨리 눈을 깜빡였다. 뭐 하는 분이세요. 여자가 물었다. 봉기는 대학원생인 자신의 신분을 밝혔다. 요 앞 학교요? 고개를 끄덕였다. 훌륭한 분이시구나. 여자가 혼잣말처럼 읊조렸다. 대학원생이 훌륭하다는 말은 분명한 오해였지만 굳이 바로잡고 싶지는 않았다. 여전히 대학원생에 대해 그렇게 생각하는 사람이 있다니 이례적이라는 생각이 들었다. 소년들이 잘못하면 소년원에 가듯, 대학원은 잘못한 대학생들이 가는 곳이라는 농담이 유행하는 시대였다.

그 후 여자와는 주차장에서 별다른 말도 없이 가끔 맥주를 나눠 마시곤 했다.

그렇게 훌륭한 사람, 은 아니란다.

아이에게까지 거짓말을 할 수는 없었으므로, 봉기는 고해

성사를 하는 사람처럼 말했다.

이제 넌 뭐 할 거니.

글쎄요.

아이가 과장되게 어깨를 으쓱거리며 말했다. 어른을 흉내
내는 것이 분명한 제스처였다. 어른 흉내를 내는 아이들을 보
면 기분이 울적해지곤 했다.

너 형이랑 어디 갈래.

저절로 그런 말이 튀어나왔다. 말해놓고 보니 어차피 할
일도 없는데 그것도 괜찮겠다 싶었다.

네? 어디요?

아이가 눈을 반짝이며 자리에서 벌떡 일어났다. 순간 봉기
의 머릿속에도 어떤 생각이 떠올랐다.

광화문 아니?

세종대왕님.

그래, 세종대왕 있지. 이순신 장군도 있고.

갈래요. 준비해서 나올게요.

아이는 벌써 자신이 살고 있는 방 현관문 비밀번호를 누
르고 있었다. 신나하는 모습을 보니 봉기 역시 덩달아 기분이
좋아졌다. 조금 기다리자 라인 캐릭터가 그려진 조그마한 백
팩을 등에 멘 아이가 복도로 나왔다. 귀에는 휴대폰을 댄 채

였다.

응, 엄마 잠깐만.

아이가 휴대폰을 내밀었다. 미처 예상치 못한 상황이었다.

여보세요.

밤에 들었을 때보다는 높은 톤의 낭랑한 목소리가 들려왔다. 봉기는 잠시 자신을 무어라고 소개해야 할까 망설였다.

안녕하세요. 옆집 대학원생입니다.

아, 예. 현서가 지금 무슨 소리를 하는 거죠?

현서는 아이의 이름인 듯했다. 심호흡을 하며 머릿속으로 말을 골랐다.

제가 잠시 광화문에 외출할 일이 있어서 나오는데 마침 아드님이 복도에서 놀고 있어서요. 함께 다녀와도 될까 해서요.

아이가 광화문, 광화문 하며 봉기의 주변을 빙글빙글 맴돌았다. 분명히 수화기 너머로까지 들릴 정도의 볼륨이었다.

혹시, 저희가 불쌍해 보였나요?

조금의 망설임이 느껴지는 정적 후에 뜻밖의 대답이 돌아왔다. 당황스러웠지만, 본능적으로 대답을 오래 끌어서는 안 된다는 예감이 들었다.

아니요. 저도 오늘 일정이 없어서 치킨도 먹을 겸 서점에 나가는 길이었어요. 혼자 가기 심심하던 차에 잘됐다 싶었던 거죠.

별일이 아닌 듯 말해야 한다고 생각했지만 자신이 없었다. 다시 침묵이 이어졌다. 길게 느껴지는 시간이었다. 무시라니, 대학원생에게 가당키나 한 소린가. 막 그런 부연설명을 붙이려고 할 때, 자세히 귀를 기울이지 않으면 들리지 않을 정도로 나직한 한숨소리가 들려왔다. 체념과 안도 사이 어딘가에 위치한 한숨이었다.

그럼 고객님 아니, 선생님 연락처를 저한테 주세요.

봉기는 자신의 번호를 불러주었다.

잠시 확인 좀 할게요.

전화를 끊고 조금 기다리니 휴대폰에 모르는 번호가 찍혔다.

네, 전화 받았습니다.

봉기는 통화 버튼을 누르고 말했다.

확인했습니다. 떼를 쓰거나 하면 저한테 전화를 해주세요. 그러지 말라고 당부는 하겠지만 혹시라도 그러면 따끔하게 혼내도록 할게요. 그리고.

잠시 말을 아끼듯 목소리가 들려오지 않았다. 수화기를 통해 여자 주변의 시끄러운 소리들이 섞여 들어왔다.

네?

죄송합니다.

아니, 아니요. 저도 마침 혼자 심심해서 나가는 길이었어요.

아뇨…… 그게, 제가 의심을 한 것 같아서. 여러 가지로.

생각지 못한 사과의 이유였다.

괜찮습니다.

이제 와서 이런 질문도 웃기지만, 성함이 어떻게 되시나요.

그제야 서로 통성명도 하지 않았다는 데 생각이 미쳤다. 여자가 의심하는 것도 당연한 일이었다.

심봉기입니다. 농민 봉기할 때 그 봉기.

보통 그렇게 소개를 하면 상대로부터 웃음이 돌아오곤 했지만, 여자는 웃지도 않고 알겠다고 대답했다. 삶이 몹시 피곤한 사람에게서 살필 수 있는 반응이었다.

그럼 부탁드릴게요. 잠깐 현서 좀 바꿔주시겠어요.

휴대폰을 건네받은 아이가 연신 고개를 끄덕이며 응, 응, 하고 대답을 했다.

아, 알았다고. 안 잃어버려. 엄마 나 못 믿어?

들을 수는 없었지만 무슨 내용인지 충분히 짐작이 갔다. 통화를 마친 아이가 휴대폰을 가방에 집어넣고는 봉기의 손을 맞잡았다. 찹쌀떡처럼 손에 감기는 진득하면서도 말랑말랑한 감촉이 나쁘지 않았다. 출발이었다.

큰길까지 나온 봉기는 정류장과 지하철역을 사이에 두고 망설였다. 어떻게 가나 시간은 비슷하게 걸렸다. 별일이 아닌 문제를 두고도 오래 고민하는 것은 봉기의 나쁜 버릇이었다.

버스가 좋니, 지하철이 좋니.

아이에게 물었다.

버스요.

막히면 네 책임이다.

합리적인 척 주변에 선택을 미루고는 책임까지 전가하는 것은 더 나쁜 버릇이었지만, 봉기 자신은 모르고 있었다. 아이가 자신만만하게 고개를 끄덕였다. 마침 타야 할 버스가 두 사람 앞을 지나쳤다. 정류장까지는 십 미터 남짓한 거리였다. 봉기는 반사적으로 아이를 안고 뛰었다. 무엇이 그리 신나는지 아이가 깔깔거리며 웃음을 터뜨렸다.

버스 안에는 사람이 별로 없었다. 봉기는 아이를 창가 쪽에 앉히고, 자신은 통로 쪽에 앉았다. 그제야 숨이 찼다.

운동을 좀 해야 하는데.

숨을 헐떡이며 중얼거렸다.

무슨 운동이요?

아이가 물었다. 막상 질문을 들으니 대답을 할 수 없었다. 습관처럼 입에 달고 사는 그냥 그런 말이었다. 운동을 해야 하는데. 공부 좀 해야 하는데. 정신 차려야 하는데.

그냥, 운동.

별다른 대꾸 없이 아이가 가방에서 휴대폰을 꺼내 만지작거렸다. 무슨 말이라도 시켜야 하나 망설여졌다. 어린 시절 자신은 부모들과 무슨 이야기를 했나 기억을 더듬어보았지만 도무지 떠오르지 않았다. 그냥 어느 순간 삼십대가 된 봉기가 툭하고 세상에 떨어진 것 같았다. 하릴없이 휴대폰을 꺼내 들여다보았다. 통화목록 최상단에는 아이 엄마의 연락처가 찍혀 있었다. 반사적으로 저장 버튼을 눌렀지만 여자의 이름을 들은 기억이 없었다.

어머니 성함이 어떻게 되시니?

이, 민자, 영자요.

이민영이라는 이름을 중얼거리며 휴대폰에 저장했다. 통화목록 아래에는 담당교수의 조교 이름이 있었다. 조교는 교수님께서 논문을 보완했으면 한다고 말했다. 말이 보완이지 이번 학기에도 졸업은 물 건너갔다는 뜻이었다. 이 년째였다. 그마저도 이번에는 교수의 얼굴도 면하지 못하고 조교를 통해 내려온 통보였다. 물 들어올 때 노 저어야 하니 한창 바쁠 때긴 하지. 그 생각을 하니 다시 가슴이 답답해졌다.

모르겠다.

봉기가 중얼거렸다. 아이가 고개를 돌려 봉기를 물끄러미 바라보았다.

형도 모르는 게 있어요?

많다.

공부를 많이 하는 사람이잖아요.

공부는 논문을 쓰기 위해 한단다.

논문이 뭔데요?

상당히 본질적인 질문이었다. 봉기는 다시 모른다는 뜻으로 고개를 내저었다. 아이는 입술을 비죽이 내밀더니 다시 고개를 숙이고 휴대폰을 바라보았다. 모른다는 사실을 아는 것만으로도 훌륭한 인간으로서의 첫걸음을 떼기 시작한 겁니다. 명사를 초청하여 강의하는 방식으로 진행되는 교양예능 프로그램에 출연한 봉기의 담당교수가 떠드는 소리였다.

이거 봐요.

아이가 봉기의 눈앞에 불쑥 휴대폰을 내밀었다. 사진이었다. 사진 속 아이는 자못 진지한 표정으로 거대한 갈색쥐처럼 생긴 동물의 머리를 쓰다듬고 있었다.

이건 뭐냐.

카피바라요.

사진을 보여주는 이유를 묻는 질문이었지만 아이는 미처

맥락을 파악하지 못한 모양이었다. 거대한 설치류 사진을 앞에 두고 달리 무슨 대답을 해야 할지 알 수 없었다.

현장학습이에요. 실내동물원.

재밌었겠구나.

카피바라는 모든 동물과 친해요. 근데 털은 캇캇했어요.

캇캇?

부드럽지 않고 캇캇했다고요.

설명을 들으니 대충 어떤 뜻인지 짐작할 수 있었다. 아마도 인터넷이나 텔레비전에서부터 유통된 신조어인 모양이었다. 아이가 조그마한 손으로 액정을 훑어 다음 사진으로 넘겼다. 사진 속 아이는 자신보다 키가 조금 큰 여자아이와 손을 맞잡고 어색한 모습으로 정면을 바라보고 있었다.

이건 누구니.

현서요.

아니, 옆에 말이야.

애 이름도 현서예요. 박현서. 저는 조현서고.

예쁘구나.

정말요?

아이가 활짝 웃으며 봉기를 바라보았다.

아니니?

맞아요. 그런데 가끔 저한테만 예쁠까 생각하거든요.

맹랑한 대답에 봉기는 저도 모르게 웃음을 터뜨렸다. 문득 세상이 많이 변했다는 생각이 들었다. 봉기가 어린 시절에는 여자애와 손을 잡는 것만으로도 다른 아이들로부터 놀림을 받곤 했다.

아저씨 아니, 형은 운명을 믿어요?

귀를 통해 들려오는 운명이라는 단어에 봉기는 이상하게도 얼굴이 홧홧해졌다. 취하지도 않은 사람의 입에서 그런 단어를 듣는 것은 오랜만이었다. 얘야, 운명이라니. 봉기 자신은 한 번도 입에 올려보지 않은 말이었다.

그게 무슨 뜻인지 아니.

현서랑 저는 이름이 같아요.

확신에 가득 찬 표정과 함께 돌아온 대답이었다. 아이는 봉기보다 운명에 대해 더 잘 알고 있는 듯 보였다. 버스가 덜컹거렸다. 농민 봉기할 때 봉기. 새삼 자신의 이름에 대해 생각했다. 어딘가 가혹한 운명이 느껴졌다. 봉기는 무심코 사진을 다음으로 넘겼다. 다음 사진은 아이와 아이의 엄마가 셀카봉을 왼쪽 사십오 도 각도로 들고 찍은, 흔히 볼 수 있는 구도의 셀피였다. 아이의 엄마는 눈을 살짝 감고 화면을 향해 입술을 내밀고 있었다. 원룸 빌라 주차장에서 보았던 모습과는 다르게 생기발랄해 보였다. 봉기는 여자의 나이가 자신보다 어릴지도 모르겠다고 짐작했다. 중요한 일은 아니었다.

뭐 먹고 싶은 거 있니.

교묘하게 말꼬리를 돌렸다. 마침 시간도 한 시를 넘어가고 있었다.

우동이요.

봉기는 고개를 끄덕이고 휴대폰을 꺼내 광화문 근처의 우동집을 검색했다.

여기서 내리는 거 아녜요?

아이의 말에 퍼뜩 고개를 드니 버스가 막 광화문 사거리를 지나고 있었다. 재빨리 손을 뻗어 하차 부저를 눌렀다. 똑똑한 아이라 다행이었다.

음식점은 프레스센터 지하에 위치해 있었다. 일본식 돈까스와 우동을 함께 파는 곳이었다. 가게의 문을 열고 들어선 순간 봉기는 자신이 실수했음을 직감할 수 있었다. 테이블 간격이 널찍하고 은은한 조도의 조명이 설치된, 한눈에도 고급스러운 가게였다. 블로그 포스팅에 가격이 적혀 있지 않을 때 의심했어야 했는데. 자리에 앉아 메뉴판을 펼치니 역시나 가격이 비쌌다. 가장 기본이 되는 우동이 한 그릇에 구천 원이었고, 등심돈까스의 가격은 만오천 원부터 시작이었다. 아이는 신중한 눈빛으로 메뉴판을 바라보고 있었다.

뭐 먹을래.

너무 비싸요.

그렇게 말하는 아이 앞의 물잔은 이미 비어 있었다. 도로 나가긴 부끄러웠다. 아니, 쪽팔렸다. 봉기는 머릿속으로 통장의 잔고를 가늠했다. 내일을 기약하지 않는다면 괜찮을 성싶었다.

괜찮으니까 먹고 싶은 것 먹어.

진짜요?

미처 대답도 하기 전에 아이가 손가락으로 메뉴 하나를 가리켰다. 커다란 새우튀김 두 개가 올라간 이만오천 원짜리 특선 우동이었다. 새우는 자연산 대하였다.

새우는 콜레스테롤 덩어린데.

봉기가 중얼거렸다.

오!

아이가 탄성과 함께 주먹을 불끈 쥐어 보였다. 콜레스테롤을 좋은 뜻으로 받아들인 듯했다. 새우는 바다의 바퀴벌레라는 이야기도 해줄까 하다가 스스로 구차하게 느껴져 관뒀다. 봉기는 눈을 딱 감고 등심돈까스를 주문했다. 과연 얼마나 맛있는지 두고 보자는 심정이었다.

분하게도 돈까스는 맛있었다. 식빵을 직접 갈아 만든 빵가루를 묻혀 튀긴 튀김옷은 바삭하면서도 기름지지 않았고, 한 입 깨물면 돼지 등심의 고소한 맛과 함께 믿기지 않을 정도로 진한 육즙이 입안에서 펑펑 터졌다. 혼자 먹기는 아까운 맛이었다. 봉기는 돈까스를 한 조각 잘라 아이의 단무지 그릇에 올려주었다. 물끄러미 돈까스 조각을 바라보던 아이가 자신의 우동 위에 올려져 있던 큼지막한 새우튀김을 집어 봉기에게 주었다. 돈까스 한 조각과 새우튀김을 교환하다니, 남는 장사라는 생각이 들었다. 아이는 나이답지 않은 먹성으로 그릇을 깨끗하게 비웠다.

맛있니.

계산을 하고 밖으로 나오며 봉기가 물었다.

괜찮았어요.

이만오천 원짜리 우동을 먹은 사람치고는 심상한 대꾸였다. 휴대폰을 통해 체크카드 결제를 알리는 문자가 도착했다. 남은 잔고는 만천이백칠십 원이었다. 봉기는 맞잡고 있던 손에 조금 힘을 주었다.

교보문고에 들어서자 아이가 봉기의 손을 이끌고 어딘가로 향했다. 아동도서를 보러 간다고 생각했는데 뜻밖에도 여행서적 섹션이었다. 손에 닿지 않는 높이에 있는 책들을 진지한 눈빛으로 일별하던 아이가 손가락을 들었다.

저것 좀 꺼내주세요.

봉기의 시선이 자연스레 책꽂이로 향했다. 아이가 가리킨 곳에는 각 나라별로 나온 여행서적전집이 꽂혀 있었다.

어떤 거.

러시아요. 칠 권.

책을 건네받은 아이가 익숙하게 책꽂이에 기대앉아 책을 펼쳤다. 봉기는 잠시 주변을 살펴본 후에 옆에 함께 앉았다. 컬러 사진 위주의 관광 안내책자였다. 아이는 콧노래를 부르고 있었다. 집중해서 들어야 겨우 들릴 정도의 작은 크기였다.

재밌니.

육 권까지는 봤어요. 보드카 아세요? 무색무취.

마셔도 봤지.

대답에도 아랑곳하지 않고 아이는 다시 책에 빠져들었다. 달리 목적이 있어서 온 것은 아니었기에 봉기는 책을 읽는 아이의 모습을 그저 멍하니 바라보았다.

형.

까무룩 잠이 든 모양이었다. 잠에서 깬 봉기는 놀라서 휴대폰을 꺼내 시간을 확인했다. 다섯 시가 조금 넘은 시간이었다. 아이의 엄마로부터 아이가 귀찮게 하지는 않느냐는 메시지가 사십 분 전에 와 있었다. 봉기는 괜찮다고 답장을 보냈다.

다 읽었니.

코 골았어요.

누가.

형이요.

미안하다.

괜찮아요. 근데 무슨 일 있어서 온 거 아녜요?

누구를 만날 사람이 있었는데 지금은 없다.

꾸중을 듣는 기분이 들어 봉기는 거짓으로 말했다. 말을 하는데 옆구리 한쪽이 따끔거렸다. 양심이란 것은 어쩌면 왼편 옆구리에 있을 지도 모른다는 시답잖은 생각이 들었다. 자리에서 일어났다.

이제 집에 가요?

아이가 앉은 채 고개를 들어 물었다.

어머님은 언제 오시니.

여덟 시죠.

그럼 조금 더 구경하다 가자.

속죄의 뜻이었다. 아이는 그제야 씩씩하게 자리에서 일어났다.

해가 길어진 탓에 좀처럼 날이 저물 기색은 보이지 않았다. 두 사람은 광장의 세종대왕 상 앞에 섰다. 광화문은 몇 번이나 왔지만, 이렇게 가까이 선 적은 처음이었다. 동상의 앞에는 측우기와 해시계가 나란히 있었다.

이건 세종대왕이 아니라 장영실씨가 만들었는데 왜 여기에 같이 있어요?

아이가 마치 친한 지인이 억울한 일을 당했다는 듯 말했다.

그건 담당교수와 대학원생의 관계와 비슷하단다.

네?

아이가 반문했다. 유치원생에게 적절한 예시는 아니었다.

장영실이라는 사람을 알아본 세종대왕 역시도 훌륭한 사람이기 때문 아닐까. 네가 훌륭한 사람이 되면 너를 그렇게 키운 어머니 역시도 훌륭한 사람 아니겠니.

그럼 내가 훌륭한 사람이 못 되면 엄마도 훌륭하지 않은 거예요?

차마 그렇다고 대답할 수 없는 질문이었다.

아니, 그건 네 잘못이지.

그게 뭐예요.

못 들은 척 아이의 의문을 주워 삼켰다. 아직까지 아이는 세상이 그렇게 딱 떨어지는 것이 아니라는 사실을 모르거나, 인정하지 못하는 듯했다. 세종대왕 동상 아래로는 전시관이 마련되어 있었다. 처음으로 안 사실이었다.

들어가볼래?

아뇨. 전에 가봤어요. 다른 데 가요.

좋아할 것이라고 생각했는데. 별생각 없이 광장을 따라 청계천 방향으로 내려갔다. 광장에는 피켓을 든 사람들이 많았다. 입을 다물고 그저 서 있는 사람이 있는가 하면, 무언가 커다랗게 구호를 외치는 사람도 있고, 지친 표정으로 주저앉아 피켓을 쓰다듬고 있는 사람도 있었다. 봉기는 고개를 숙이고 그 앞을 빠르게 지나쳤다. 치열하게 사는 인간 앞에 서면 이상하게도 부끄러워지곤 했다. 대충 살고 있다는 감각은 아니었다. 그들이 전존재를 걸고 직면해 있는 어떤 문제(혹은 고민)들에 비하면 자신이 골몰한 모든 가치들이 하찮게 느껴졌기 때문이었다.

일민미술관 옆 청계광장 위 역시 시위가 한창이었다. 산발적인 일인시위 위주의 광화문 광장과는 다르게 무대와 대형 스피커까지 마련된 본격적인 집회였다. 봉기는 길을 건너지 않고 잠시 멈춰 서서 그 모습을 지켜보았다. 청계천에 발이라도 담그고 싶었는데, 도무지 횡단보도를 건너고 싶다는 생각이 들지 않았다.

치킨집이 이쪽이에요?

뜬금없는 물음에 봉기는 고개를 숙여 아이를 바라보았다.

치킨? 먹고 싶니.

아까 먹기로 했잖아요.

내가?

네.

언제?

됐어요.

봉기는 고개를 갸웃거렸다. 동화면세점 뒤편에 좋아하는 치킨집이 있긴 했다. 하지만 아무리 기억을 더듬어도 그에 대해 말한 기억이 없었다.

정말 먹고 싶니?

조금요. 바삭바삭.

바삭바삭은 먹고 싶단 뜻이었다. 봉기는 주머니에서 휴대폰을 꺼내 다시 한번 잔액을 확인했다. 여전히 만천이백칠십원. 봉기가 좋아하는 치킨집의 치킨 가격은 만팔천 원이었다. 거기에 생맥주는 한 잔에 삼천오백 원이었다. 치킨에는 맥주가 빠져서는 안 됐다. 아이에게는 콜라도 시켜줘야 했다. 휴대폰을 다시 주머니에 넣는데 아이와 눈이 마주쳤다. 기대를 잔뜩 하는 눈빛이었다. 다시 고개를 드니 시위를 하고 있는 사람들이 보였다.

그럼, 지금부터의 일들은 엄마에게 비밀이다.

네?

그리고 잠깐 동안만 아빠라고 불러라.

뭐라고요?

연출이 중요하다는 생각이 들었다. 봉기는 바닥에 무릎을 대고 앉았다.

어깨에 타라.

아이가 봉기의 머리를 잡고 어깨 위에 올라탔다. 힘을 주어 일어서는데 아이가 까르륵− 웃음을 터뜨렸다. 봉기는 아이를 목말 태우고 집회가 한창인 인파 사이로 비집고 들어갔다. 광장에서는 나라의 정상화를 바라는 시위가 한창이었다. 그들이 원하는 정상화의 방법은 탄핵을 당한 전직 대통령이었던 사람의 복권이었다. 봉기는 적당히 빈자리를 찾아 섰다. 옆에는 중절모를 쓴 노년의 남자가 양손에 각각 태극기와 성조기를 흔들고 있었다. 눈이 마주친 봉기는 가볍게 고개를 숙였다. 남자가 봉기를 보며 무슨 말인가를 했지만 구호에 묻혀 잘 들리지 않았다. 봉기는 잘 들리지 않는다는 뜻으로 손가락으로 귀를 가리키고 고개를 내저었다.

젊은 사람이 훌륭한 일을 하는구먼.

남자가 봉기의 귀에 대고 소리쳤다. 대답 대신 고개를 끄덕였다. 무엇이 그리 신나는지 아이가 연신 봉기의 머리를 손바닥으로 두드렸다. 남자가 아이의 손에 자신이 들고 있던 태극기를 쥐어주었다. 아이와 살을 맞대고 있는 목 뒤로 땀이 찼다. 구호가 끝나고 텔레비전에서 가끔 봤던 논객 한 사람이 무대 위로 올라 연설을 하기 시작했다.

아들인가?

조용해진 틈을 타 남자가 물었다.

네.

처음 보는 얼굴인데.

취조를 하는 듯한 질문에 재빨리 머리를 굴렸다.

예, 좀처럼 용기가 나지 않아 멀리서 지켜보기만 했는데, 이제는 어쩔 수 없다는 생각이 들었습니다.

신기하게도 그런 말이 술술 나왔다.

훌륭하군, 훌륭해. 세계가 바뀌었어. 옛날 같지 않아. 행동을 하면 세상을 바꿀 수 있는 시대야. 하지 않으면 바뀌지 않는 법이지. 자네도 알겠지만 이제 우리도 행동을 할 때야.

일전에 있었던 거대했던 집회와 그에 따른 결과에 대해 이야기하고 있는 듯했다. 남자가 아이를 보며 인자한 미소를 보였다. 막연하게 상상했던 그들의 모습과는 영 달랐다. 앞에서부터 박수가 터져 나왔다. 연설자가 무슨 말인가를 한 모양이었다. 봉기는 그들을 따라 박수를 쳤다.

저, 어르신.

무슨 일인가.

아이를 데려오면 돈을 준다고 들었는데, 어디서 받으면 됩니까.

아, 그것 말인가.

남자가 오른손에 들고 있던 성조기를 왼손으로 옮기며 말했다.

네. 인터넷에서 봤는데.

잠깐 아이를 내려놓게.

네?

힘들지 않나. 어른이 말하면 들어.

이전까지와는 다르게 단호한 음성이었다. 그런 말을 들으니 힘든 것 같기도 했다. 봉기는 허리를 굽혀 아이를 내려놓았다. 막 고개를 들려는데 남자가 갑자기 봉기의 멱살을 잡았다. 숨이 턱 막혀왔다. 노인이라고는 생각할 수 없을 정도의 악력이었다.

여기 지금 빨갱이가 있다!

외침에 깜짝 놀란 봉기는 남자의 팔목을 잡았다. 뜻밖에도 멱살을 잡고 있는 그의 눈에는 눈물이 그렁그렁 맺혀 있었다.

당황스러운 반응이었다.

우세요?

울긴 누가 울어.

남자가 봉기를 힘껏 밀치며 외쳤다. 봉기는 힘에 밀려 바닥에 엉덩방아를 찧으며 넘어졌다. 무대에서도 소요를 인지했는지 무슨 일이냐는 소리가 스피커를 통해 터져 나왔다.

이 빨갱이가 돈 어디서 받으면 되냐고 묻더라고!

소매로 재빨리 자신의 눈가를 훔친 남자가 고래고래 소리를 질렀다. 사람들이 봉기와 남자 주변을 둥글게 둘러쌌다. 원이 조금씩 작아지고 있었다.

우리 아빠 괴롭히지 마!

린치를 당할지도 모른다고 생각할 때 아이가 봉기와 남자 사이에 서며 외쳤다. 사람들이 멈춰 섰다.

당장 여기서 꺼져! 애까지 데려와서는, 염치도 없는 놈 같으니.

처음 봉기의 멱살을 잡았던 남자가 말했다. 너 같은 놈들 때문에 나라가 망한 거라는 둥, 누구 사주를 받고 온 것이냐는 둥, 젊은 놈이 돈이 없으면 일을 하라는 둥, 여러 말들이 주변을 에워쌌다. 봉기는 주섬주섬 일어나 아이의 손을 잡고 정신없이 자리를 피했다.

최대한 멀리 떨어져야 한다는 생각에 큰길을 건넜다. 동화 면세점 옆 주차장 벤치에 앉으니 몸이 덜덜 떨려왔다. 눈두덩이 뜨거워졌다. 봉기는 재빨리 두 손바닥으로 얼굴을 가렸다. 아이가 어깨에 손을 얹는 것이 느껴졌다.

울어요?

아니다.

남자의 눈물을 보고 난 후여서 그런지 눈에서부터 흘러나오는 액체가 그저 분비물처럼 느껴졌다. 몸의 떨림이 좀처럼 진정되지 않았다. 내용이야 어떻건 누군가의 순수한 의도를 훼손시켰다는 죄책감이 들었다. 생각을 털어내기 위해 재빨리 고개를 흔들었다.

갈까요?

아이가 말했다.

누구를 좀 만나고 가자.

만나기로 했다는 사람이요?

그래.

뜬금없지만 누군가로부터 조롱을 듣고 싶다는 생각이 들었다. 봉기는 그 분야의 전문가를 알고 있었다. 주머니에서 휴대폰을 꺼냈다. 액정 한구석에 거미줄처럼 금이 가 있었다. 넘어졌을 때 충격을 받은 모양이었다. 통화 버튼을 눌렀다.

치킨집에 아이와 나란히 앉아 원유리를 기다렸다. 마침 치킨이 나오는 타이밍에 맞춰 원유리가 문을 열고 들어섰다. 주위를 두리번거리며 가게 안으로 들어서던 그녀가 봉기를 발견하고는 그 자리에 우뚝 멈춰 섰다. 어색하게 손을 들어 보이자 그녀가 아이와 봉기를 번갈아 바라보았다.

옆엔 누구야. 아들?

원유리가 자리에 앉으며 물었다. 봉기는 고개를 돌려 옆에 앉은 아이를 바라보았다.

아빠.

눈이 마주치자 아이가 말했다.

이제 아빠라고 그만해도 된다.

형.

뭐야, 아빠야 형이야. 하나만 해.

눈을 가늘게 뜬 의심스러운 눈초리로 원유리가 말했다.

그런 거 아냐.

그런 게 뭔데.

그런 거.

만나자마자 또 시작이네. 너는 지겹지도 않니.

원유리가 봉기를 부르는 호칭은 시기에 따라 달라졌는데, 십 년 전에는 선배, 칠 년 전에는 오빠, 삼 년 전부터는 너라고 부르고 있었다.

두 분은 서로 썸을 타는 사이예요?

아이가 두 사람을 번갈아 보며 물었다. 원유리가 미간을
찌푸렸다.

그런 말은 어서 배웠니.

왜요. 나쁜 말이에요? 썸.

아이가 되물었다. 모든 말들과 마찬가지로 어떤 상황에서
는 더없이 나쁜 말이었다. 맥주를 한 모금 마셨다.

얘는 누구야.

빨리도 물어본다. 옆집 애야.

납치했어?

혼자 놀고 있어서 데리고 나왔어.

그럼 둘이 놀지 왜 나를 불렀어.

형이 만날 사람이 있다고 했어요.

쓸데없는 말을 덧붙이는 재주가 있는 아이였다. 그만하라
는 뜻으로 아이의 머리를 쓰다듬었다.

그래서. 날 왜 보려고 했는데?

어설픈 대답을 했다간 뼈도 못 추릴 것이 분명했다. 애초
에 만날 사람이 있다는 말도 거짓말이었기에 대답이 궁색해
졌다.

나 논문 빠꾸 당했어.

뻐큐.

아니 빠꾸.

뻐큐라고. 나랑 무슨 상관인데, 그게. 너는 세상에서 네
가 제일 중요하지. 정말 너밖에 몰라. 진짜 역겨워 죽겠어.

원유리가 목소리를 높였다. 봉기는 들고 있던 닭다리를 앞
접시에 가만히 내려놓았다. 순수한 선의로 옆집 아이와 함께
나온 사람에게 붙이기에는 조금 억울한 평가였지만 그렇다고
변명을 하면 더 상황이 나빠진다는 것은 그녀와 연인이던 시
절부터 알고 있는 사실이었다.

미안해.

또 시작이지.

시작이라는 말이 가장 부정적으로 쓰이는 용례로 적합한
상황이었다. 봉기는 곁눈질로 옆자리에 앉은 아이의 눈치를
살폈다. 순간 원유리가 자리에서 벌떡 일어났다.

귓구멍 열고 잘 들어. 나 다음 달에 해외 주재원으로 발령
가. 다신 안 올 거야, 이 좆같은 나라. 그러니까 나 찾아올 생
각도 하지 말고, 눈앞에 나타날 생각도 하지 마. 알았어?

봉기는 차마 고개를 들지 못하고 테이블 위에 놓인 닭을
바라보았다.

입으로 소리 내서 대답해. 알았냐고.

응.

대답을 들은 원유리가 테이블로부터 몸을 돌려 출입구로 걸어갔다. 그제야 고개를 들어 뒷모습을 바라보았다. 그녀는 한순간도 돌아보지 않고 빠른 걸음으로 계산대를 지나쳐 가게를 빠져나갔다. 봉기는 두 손으로 얼굴을 가렸다. 울기도 사치스럽다고 생각하니 눈물조차 나지 않았다. 아이가 봉기의 어깨에 손을 얹는 것이 느껴졌다.

오늘 재밌었어요.

그랬니.

테이블에 올려두었던 휴대폰이 울리기 시작했다. 도저히 계산이 서지 않았다.

삶의 몸짓과 관찰자

김요섭(문학평론가)

이야기란 무대의 다른 부분은 어둡게 남겨놓은 채 어떤 부
분만 밝게 한다는 의미에서 탐조등이나 각광(脚光)과 비슷
하다. 무대 전체를 고르게 비추는 조명은 사실 쓸모가 없
다. (……) 선택하는 것이 이야기의 사명이며, 배제를 통해
포함시키고 그림자를 던짐으로써 비추는 것이 이야기의
속성이다.*

사회학자 어빙 고프먼은 우리의 삶을 세상이라는 무대 위

* 지그문트 바우만, 정일준 옮김, 『쓰레기가 되는 삶들』, 새물결, 2008, 41쪽.

에서 이어가는 연극으로 설명한다. 삶을 이야기에 빗대는 일은 진부한 언어처럼만 들린다. 그러나 고프면의 시선은 그 진부한 상상이 놓치는 장면들을 주목한다. 그가 바라보는 삶은 한 인생의 연대기가 아니라, 매번 각기 다른 장르와 배역이 주어지는 수많은 무대의 연속이다. 삶의 시기마다, 그리고 맺는 관계마다 우리는 다른 배역을 맡아 새로운 각본을 연기해야 한다. 수없이 펼쳐진 무대를 오가며 펼쳐지는 삶은 그래서 완벽하게 연출된 장면보다는 대사를 실수하거나 배역을 착각하고, 각본의 의도에 의문을 던지는 순간이 훨씬 많다. 그래서 삶이라는 무대에서는 연출의 의도를 완벽하게 이해하고 따르는 배우보다는 번번이 실수하는 미숙한 연기자의 몸짓이 더 큰 진실을 담기도 한다. 장성욱의 첫 번째 소설집 『화해의 몸짓』은 떠밀리듯 삶의 무대에 올라선 어수룩한 인생들과 그들의 종잡을 수 없는 몸짓에 대한 애정 어린 관찰기다.

장성욱의 등단작인 「수족관」에서 자신들이 일하는 해산물 뷔페의 매니저를 살해하고 그의 시신을 유기하려는 '새우', '넙치', '개불'은 함께 차를 몰고 인적이 드문 산을 향한다. 하지만 겨울이 다가와 얼어붙은 땅에 삽 한 자루 없이 시신을 묻으려고 했던 이 어리숙한 일당은 등산객의 눈길을 피해 만취한 사람을 부축하는 척 매니저와 함께 산에서 내려온다. 삽을 사기 위해 찾은 마트에서 함께 햄버거를 먹으며, 먹먹한 자신들의 삶을 토로하는 이들의 대화를 따라 읽다 보면 이들이 저지른 살인사건은 각본의 구석으로 밀려나 있음을 발견하게 된다. 이 어수룩한 일당을 공동운명체로 묶은 건 살인사건이지만, 진짜 그들의 공통분모는 "세상에서 자신이 선택할 수 있는 사항이 겨우 그 정도뿐이었다는 사실을 어렴풋이 짐작"(35쪽)할 수밖에 없는 무력감이다. 분명한 이유가 나오지 않고 아마도 직원들을 해산물로 부르며 성희롱도 서슴지 않던 매니저의 조롱에서 시작되었을 우발적인 살인이었지만, "생각대로 몸을 움직여서 누군가를 제압하는 일"(25쪽)에서 묘한 희열을 느낄 만큼 이들은 짙은 무력감에 잠겨 있다. 발각되면 모든 것을 잃을 살인 이외에는 모든 것이 실패한 이 해산물들은 팔딱거리며 무대 바깥으로 튕겨져 나갈 뿐이다.

문이 고장 난 면접장에 갇히게 된 이들의 소극인 「데피니션과 저스티스」에서는 엉망으로 뒤엉킨 삶의 각본과 배역들이 우스꽝스럽게 충돌한다. 취업 준비생인 '박동철'은 사장 면접에서 들은 자신이 생각하는 기업의 정의가 무엇이냐라는 질문을 듣고는 사장이 말하는 정의가 정의(Definition)와 정의(Justice) 중 무엇이냐고 되묻는다. 면접장은 동철이 누구인지를 묻지만, 실상 질문의 의도에 부합하는 배역을 연기하지 않으면 열리지 않을 문이다. 동철이 누구인가는 사장이 정의(Definition)와 정의(Justice) 중 무엇을 말했냐에 따라 결정될 따름이다. 이 암묵적인 법칙을 순진하게 물었던 동철은 다른 지원자들에게 비웃음의 대상이 된다. 그들이 선 무대의 각본을 철저하게 숙지한 완벽한 지원자인 31번과 72번의 연기는 면접장의 문이 고장나면서 꼬이기 시작한다. 면접 중에 대답한 자신과는 전혀 다른 자기 모습을 노출하는 지원자들과 그들의 일생을 시험대에 올려놓고 마음대로 규정(Definition)하던 면접자는 고장난 문 앞에서 무능하고 우스꽝스럽게 쓰러질 뿐이다.

「데피니션과 저스티스」의 소란스러운 풍경에서 '동철'은 혹여나 자신에게 기회가 생길지 모른다는 위태로운 희망을 붙잡으려 한다. 왜 동철은 열리지 않는 문 앞을 떠나지 못할까? 그 안으로 들어가지 못하면 마주하게 될 멸시의 시선을 잘 알기 때문이다. 「비극의 제왕」에서 집 없이 떠도는 청년 '재완'은 '기철'과 '민석', '진우'의 집을 차례로 떠돌다가 사라진다. 변변한 학력도 직장도 없고, 가족의 도움도 기대하지 못하는 데다가 외모만큼이나 하자가 많은 사회성을 가진 재완을 진우와 친구들은 연민하면서도 비웃는다. 그들의 방을 전전하다가 끝내 사라져버린 재완을 진우는 그저 부담스러운 짐처럼 생각했다. 타인의 선의에 담겨 있는 묵시적 규칙을 위반하는 이 위태로운 이방인이 진우에게는 그저 답답한 부적응자로 보였기 때문이다. 그 자신이 갑작스럽게 권고사직을 통보받기 전까지 말이다. 진우는 '프로페셔널한 샐러리맨'을 연기하는 자신의 무대를 그 규칙도 모르고 마음대로 찾아오는 재완을 불청객으로 여겼지만, 실상 회사의 입장에서는 그역시 별반 다르지 않은 부적응자였다. 오히려 재완의 배회야말로 게임과 달리 자신에게 어떤 캐릭터도 역할도 배정하지 않는 세계를 받아들인 자의 담담함일지도 모른다. 재완의 말처럼 "거기선 레벨이 오르지 않"(72쪽)을 테니 말이다.

「어제부터 사람들이」의 '한수현' 역시 재완처럼 배역이주어지지 않은 삶을 건조한 태도로 견디어낸다. 대타로 나간아르바이트의 일당이 입금되지 않았는데, 통신요금이 체납되어 전화 발신조차 중지된 수현은 자신을 고용했던 회사에서 담당자를 직접 찾아간다. 몇 번의 소란 끝에 담당자는 다른 사람에게 돈이 입금된 것을 확인하지만, 수현이 직접 상대방을 찾아가 해결하라고 재촉한다. 누구에게 입금이 되었는지제대로 확인하지도 않은 담당자의 무성의함 때문에 수현은비슷한 처지의 두 사람을 찾아가 자신의 돈을 찾으려 한다. 자신을 고용했었다는 사실조차 제대로 기억하지 않는 이들에게 수현은 화내지도 않는다. 이름조차 제대로 확인하지 않는 얼굴도 감정도 없는 익명의 배역 이외에는 자신에게 주어진 것이 없기 때문이다. 수현은 자신과 달리 분노를 드러낸 이에게 맡았던 다른 익명의 배역을 대신하며 세상의 불행한 여럿 중 한 사람으로 남는다.

「꽃을 보면 멈추자」는 장성욱의 작품 중에 이질적으로 능숙한 연기자가 중심인물로 등장한다. 자신을 찾겠다며 인도로 떠났던 '나'의 애인은 불쑥 나타나서는 그와 쌍둥이 같은 '또 다른 자신'을 소개한다. '애인들'과 '나'의 관계는 얼마 이어지지 않지만, 애인이 '야구장 파울녀' 갑작스레 인플루언서가 되면서 '나'는 그의 캐릭터를 꾸미는 배경설정으로 끌려 나온다. 자신을 찾겠다며 인도로 떠났던 옛 애인은 정작 유명세를 유지하기 위해 존재한 적 없는 '또 다른 자신'의 사연을 만들어간다. 그가 찾아낸 것은 실상 자신이 아니라, 미디어 안에서 소비될 수 있게 잘 연출된 배역일 뿐이었다. 자신을 찾기는커녕 모르는 사람이 되어버리고 만 옛 애인을 보면서 '나'는 사회에 속하기 위해 펼쳐야 할 연기의 고단함을 생각할 따름이다.

「화해의 몸짓」은 소설집에서 반복되는 연기와 연출의 서사를 재기발랄하게 뒤틀어 보여준다. 함께 여행을 온 연인인 현서와 민우는 캠핑장에서 일한다는 궁색한 몰골의 중년남자를 차에 태워준 일로 다툰다. 남자는 차 안의 어색한 분위기를 깨기 위해 마을에서 발생한 의문의 연쇄살인사건에 대한 자신의 추리를 그들에게 들려준다. 살인 수법이 모두 다른 사건들을 남자는 확신을 가지고 연쇄살인이라고 주장한다. 현서와 민우는 남자를 의심스러운 눈으로 바라본다. 동네 주민들도 그가 누구인지 알지 못하고, 이상하리만큼 살인사건에 대해서 상세하게 알고 있는 음침한 그 남자를 현서와 민우는 그가 왜 그리 사건에 관심을 가지는지 거칠게 추궁한다. 그리고는 이내 능숙하게 남자를 살해한다. 살인사건을 알지 못한 이방인처럼 연기하던 살인마 커플은 자신들만의 비밀을 함께 만들면서 화해한다.

「화해의 몸짓」에서 연인은 능청스러운 연기로 살인 행각을 이어가지만, 타인의 삶을 희생시키는 연출은 일상의 세계에서도 선의라는 이름으로 반복된다. 「네가 웃어야」의 '민혁'은 모임을 함께했던 '오상수'가 '서동욱'에게 폭행을 당했다는 소식을 듣고는 동욱을 타이르기 위해 그와 만난다. 과거 동욱이 오토바이 사고를 당했을 때, 민혁과 모임 사람들이 그가 깔린 차를 함께 들어서 구했다. 하지만 사고로 장애가 남은 동욱은 어디에도 적응하지 못하고 위태롭게 살아간다. 민혁은 그를 훈계하려고 하지만, 동욱은 그와 모임 사람들이 했던 일에 대한 분노를 숨기지 않는다. 구조를 기다리지 않고 성급하게 차를 들어 올려서 동욱의 다리가 망가졌다는 사실, 서류면접에 탈락한 민혁이 정작 동욱을 구하기 위해 면접을 포기한 것으로 꾸며진 미담과 그를 위한다며 사람들 앞에서 불쌍한 사람답게 행동하길 요구하는 상수의 일까지. 동욱의 삶은 그들이 원하는 방식으로 꾸며져서, 그들을 위해 쓰일 따름이다.

세상이라는 무대 위에서 펼쳐지는 여러 연극에서 장성욱 소설의 인물들은 위태롭게 밀려나기를 반복한다. 그러나 때로는 그 엉망인 연기가 가장 인간다운 얼굴을 할 때도 있다. 「낭만적 사람과 사회」의 심봉기는 몇 년째 학위논문이 통과되지 않고 있는 가난한 30대 대학원생이다. 그는 자신의 원룸 옆집 유치원생이 복도에서 혼자 놀고 있는 모습을 안쓰럽게 쳐다본다. 가난한 아이의 엄마가 홀로 그를 키우고 있기 때문이 아니라, 그 어린아이가 너무 일찍 어른이 된 듯 현실에 너무 담담했기 때문이다. "어른 흉내를 내는 아이들을 보면 기분이 울적해지"(222쪽)던 그는 아이의 엄마가 올 때까지 같이 놀아주기로 한다. 아이와 함께 광화문으로 간 '봉기'는 여유로운 사람인 척 아이가 원하는 것들을 사주려고 하지만, 생각보다 비쌌던 점심 때문에 아이에게 치킨을 살 돈이 부족해진다. 광화문에서 열리던 태극기 집회를 본 봉기는 시위에 참여하기 위해 아이와 온 아버지를 연기하며 참가비를 받으려 하다가 봉변만 당한다. 아이에게 치킨을 사주기 위해 옛 연인에게 연락하지만, 아이 앞에서 조롱을 들을 뿐이다. 봉기의 곁에는 외롭지 않고 즐거운 하루를 보낸 아이와 계산이 서지 않는 막막한 현실이 남을 따름이다.

「낭만적 사람과 사회」에서 극우집회 참가자인 척하는 봉기의 어설픈 연기가 서글픈 것은, 치킨 한 마리 살 수 없는 그의 통장 잔고 때문은 아니다. 외로운 아이에게 넉넉한 하루를 선물할 수 없음에도, 그럴 수 있는 사람이 되고 싶었던 그의 마음이 초라하지만, 그렇기에 가장 인간다운 모습이었기 때문이다. 장성욱의 소설이 포착하는 위태로운 몸짓은 낭만적이지 못한 사회라는 무대 위에서 펼쳐지는 연극과 그 연출가들의 눈을 찌푸리게 할지 모른다. 그러나 절도 있는 동작도 우아한 표정도 지을 줄 모르는 어수룩한 자들이야말로 우리의 사회를 인간답게 만드는 낭만적 사람들이다. 소설가는 이야기라는 무대를 지휘하는 연출가지만, 동시에 삶이라는 무대가 구석으로 몰아낸 이들의 몸짓에서 눈을 떼지 않는 관찰자이기도 하다. 장성욱이 앞으로 만들어갈 이야기에서 그가 지켜봐왔던 낭만적 사람들의 몸짓이 서로를 끌어안는 따스한 포옹이 되기를, 한 낭만적 소설가에게 바라게 된다.

작가의 말

책으로 묶기 위해 소설들을 다시 살펴보며 답이 없는 이야
기 내지는 투덜거림에 골몰하고 있다는 생각 때문에 힘들었
다. 하지만 질문을 견고하게 만드는 것 역시 소설가의 역할이
라는 생각에 용기를 냈다.

「수족관」은 나를 작가로 만들어준 소설이다. 항상 고맙
게 생각한다. 「데피니션과 저스티스」 속 모든 인물들을 좋아
한다. 「비극의 제왕」의 제목은 몇 번이나 고쳐야 한다고 생각
했지만, 제목에서부터 시작한 이야기였기에 결국 고칠 수 없
었다. 「어제부터 사람들이」는 뼈대만 남기고 모두 걷어내겠다
는 생각으로 썼던 소설이다. 막상 쓰고 나서는 소설이 너무 추

워 보여서 미워했는데, 고치려고 보니 이 이야기에는 이게 어울린다는 생각이 들었다. 최대한 살리는 방향으로 수정을 했다. 「꽃을 보면 멈추자」는 이제까지 내가 해보지 않은 방식으로 해보자는 생각으로 썼다. 개인적으로는 소설 혹은 문장의 리듬에 대해 많은 생각을 하게 해줘 의미가 깊다. 「화해의 몸짓」은 「꽃을 보면 멈추자」와 완전히 반대로 오로지 내가 할 수 있는 것만 담아내자는 생각으로 썼다. 개인적으로는 이 커플의 다른 이야기도 써보고 싶다. 이십여 년 전에 횡단보도 한복판에서 장애를 가진 남자가 급정거한 자동차를 향해 지팡이를 휘두르며 화를 내는 모습을 본 적이 있다. 나는 그 장면을 보며 꽤 충격을 받았다. 이유는 그제까지 나는 장애인은 약자이며, 무조건 온순하리라는 선입견을 가지고 있었기 때문이다. 자각하고 나니까 내 자신이 몹시 역겨워졌고, 많이 반성하게 되었다. 「네가 웃어야」는 그때의 기억과 감정들이 반영된 소설이다. 「낭만적 사람과 사회」는 이 단편집을 읽어주는 분들을 위한 일종의 보너스 트랙이다. 요즘 문예지를 읽는 독자는 거의 없지만 어쨌거나 미발표작이 하나 정도 들어갔으면 좋겠다고 생각했다. 마지막으로 이번에 실리지 못한 소설들에게는 몹시 미안하다. 나에게 와서 고생을 많이 한 이야기들이기에 하나하나 이름을 불러주고 싶었다. 정말 고마워.

내가 고마워해야만 하는 사람들도 있다. 나의 가족들, 몇 안 되는 독자들, 함께 술을 마셔주는 동료들과 개소리를 해도 받아주는 친구들. 이 모두의 배려 덕분에 나는 겨우 존재하는 인간이다.

책이 나오기까지 재촉 한 번 없이 기다려준 대산문화재단에 깊이 감사드린다.

집에서는 글을 쓰지 못하는 탓에 작가 레지던스 프로그램을 통해 이곳저곳을 돌았다. 연희문학창작촌, 토지문화관, 예버덩 문학의 집, 글을 낳는 집, 그리고 지금은 없어진 21세기 문학관까지. 공간을 관리하고 운영해주시는 모든 분들에게 고개 숙여 감사드린다.

병석, 보라, 민이.

세 사람의 이름을 여기에 기록해둔다. 다시 소설을 쓰게 되면서 정했던 목표였다. 혹시 여기까지 읽는 독자들이 있다면 세 사람의 이름을 한 번만 육성으로 발음해주기를 부탁드린다. 너무 늦었다. 미안.

목표를 이루었기에 이제 무얼 위해 써야 하나 스스로 조금 혼란스럽다.

일단은 지금까지처럼 이야기에 헌신할 생각이다.

2022년 봄

장성욱

* 수록작품 발표지면

수족관 ······ 2015년 조선일보 신춘문예 당선작

데피니션과 저스티스 ······『자음과모음』2015년 가을호

비극의 제왕 ······『2016 신예작가』(한국소설가협회, 2015)

어제부터 사람들이 ······『문예바다』2015년 가을호

꽃을 보면 멈추자 ······『꽃을 보면 멈추자』(테오리아, 2018)

화해의 몸짓 ······『연희』(서울문화재단, 2016)

네가 웃어야 ······『대산문화』2018년 겨울호

낭만적 사람과 사회 ······ 미발표작

화해의 몸짓
ⓒ장성욱

2022년 4월 11일 초판 1쇄 펴냄

지은이 장성욱
펴낸이 김재범
인쇄·제본 굿에그커뮤니케이션
종이 한솔PNS
펴낸곳 (주)아시아
출판등록 2006년 1월 27일
등록번호 제406-2006-000004호
전화 031-955-7958
팩스 031-955-7956
주소 경기도 파주시 회동길 445
이메일 bookasia@hanmail.net
홈페이지 www.bookasia.org

ISBN 979-11-5662-590-2 (03810)

* 이 책 내용의 전부 또는 일부를 재사용하려면 반드시 저작권자와 아시아 양측의 동의를 받아야 합니다.
* 이 책은 2018년 대산문화재단에서 운영하는 대산창작기금의 수혜를 받았습니다.
* 값은 뒤표지에 표시되어 있습니다.